INK 文學叢書

246

初夏荷花時期的愛情

朱天心◎著

朱天心 二〇一〇 元旦

目次

初夏荷花時期的愛情

——我們已入中年，三月桃花李花開過了，我們是像初夏的荷花——

說這話的是一名六十多年前的多情男子，時年三十九，已婚，求愛的對象是一名孀居女子，年長自己一歲。

憂畏人言的女子有沒有接受他的說詞，並非重點，他們的年紀卅九、四十，還年輕，比起我們打算說的一個眞正中年的故事。

慢慢來。

多年後，你屢屢被一幅老相片閃電插入腦子裡，那是大學時期被迫跟隨喜好藝術電影的學長參加電影社時看過的電影及其劇照，照片中，一對優雅的老夫婦衣帽整齊的並肩立在平直的、古典風格的橋上凝望著。當時你惑於學長們各種電影分析語言，並未仔細好好看清二人臉上的神態，事實上，你對所有（管它經典大師電影裡）的年長於自己的人，毫無興趣，毫不關心。

現在想來，無論如何，都有一種，喟歎的表情。

喟歎什麼呢？以前以爲，一定是一種東洋美學的喃喃自語例如：「さびしい寂寞呀……」

漸漸的，那幅已不叫劇照或相片，而彷彿是你曾經在場目睹過的景像不時盤據在心上，你太想知道他們在喟歎什麼，誰叫你還不到他們的年紀。

你自然已比卅九、四十大上許多，事實上，你偶爾回憶起那個年紀時的用詞是「年輕時候」，與十五二十歲聯成一塊，或該說，都歸類爲生機、慾望勃鬱的狀態。你一點也不習慣自己的年齡狀態，只得頻頻依賴同類來再確認。

同類，是什麼呢？

是公共場所中，即便只群聚三五人便鬨笑分貝最高如國中女生下課的教室，面色潮紅無法再上粉因此遮蓋不了長期失眠青黑浮腫的下眼袋。她們通常剪著高中髮禁年代也從未有的短髮還是太熱太熱，掙扎於下次染髮前的焦慮，最怕人俯視於她頭頂，怕那泛白的髮根讓人錯覺爲愈益稀寬的分線。她們穿著前半生從不願碰的薄棉紗（因爲太像記憶中的老婆婆）、透氣麻（太像記憶中的外國老婆婆）、清涼絲，可以的話，快別穿內衣，害怕那胸罩的肩帶鋼筋也似的扎進肩膀，胸小的，早已找出女兒（或孫女？）好些年前短暫穿過扔在衣櫥角落的半截棉內衣（秋涼的天氣，錯覺自己回到小學六年級）；她們不分胖瘦一致失去腰線，瘦的人像蛙類，胖的像米其林輪胎標幟的橡皮人。

她們通常絕口不對圈外人提更年期三個字，害怕尤其公獅們聞聲紛紛走避，包括自己的丈夫或伴侶。

但通常最吸引你注意的，還是她們在歡鬧的人群中偶爾浮現的一抹恍惚出神（多令人心碎！），那恍神內容通常並非社會性的（唉兒子繼女兒之後又延畢整天在家打電動聊天哪天網交被側錄偷拍勒索怎麼辦？老爸的照護外傭又快到期誰去不辭勞苦走一次申請程序費用兄弟姊妹怎麼分擔？丈夫的公司徹底移去中國退休太早難不成決心正式變台勞？）。是了是丈夫，如何閹了一樣的公獅，不再理人。

是的，沒有一種寂寞，可比擬那種身邊有人（有子女、家人、一起生兒育女的丈夫）、而明明比路人還不交集目光的。

更別說，另一種丈夫，人前人模人樣，進出電梯總讓你先，上菜時會為你挾菜，出國回來一定帶你喜歡的特定一種巧克力……，不可思議的屋子角落藏著色情光碟和一些你們年輕時代男生抱讀的劣質小本（是怎樣他回到青少年時代？），你簡直不知他什麼時候看，是你較早入睡的夜晚嗎？你想像他宵小般的偷偷起床，躡手躡腳取出光碟觀看別的女子的裸身豔姿，自己的身體勢必起著回應，那與嫖妓是全然不同的事嗎？

也有丈夫養著好多的女人（辦公室的，大陸廠裡的會計，公司附近午休的日式咖啡館比女兒還小的工讀生，某友人剛遺棄找上他哭訴比你不年輕比你不美的女人，嫁到美國的舊日空姐女友……），重點是，丈夫不再碰你，不靠近你，但到底是不要還是不能（年紀大了，服高血壓藥），你只得假裝這是全天下再平常不過的過下去。

這與不在婚姻狀態的獨居人的寂寞，有不同嗎？

身邊沒有人，就不生有感情的慾望，也就沒有慾望不被回應不被滿足的問題吧。

恍神的女人們，不僅覺得丈夫們前所未有的陌生，連自己也空前之陌生，過往鮮潤的氣管或身體其他管狀物，不是如露在屋外經年的管線遭風吹日曬的脆薄轉瞬便可成齏粉，就是褪色走氣充滿霉斑的扁帶狀物；所有的囊狀器官皆脹氣，彈性疲乏的煞占空間，是以腰腹當然無法窄仄緊襯，你們相約洗溫泉，相濡以沫認識並確定這樣的身體不醜怪，正常得很，不像那偶爾走進一個誰人肯跟的女兒，九頭身，無論胖瘦骨肉都肯貼合，肌膚因此得以緊繃，畸形得像另一種物種，螳螂之屬，或好萊塢電影中的外星客。

所以不是老，不是怪，只是有別於年輕時。

再回到那張老照片美學的泛黃黑白劇照吧，優雅（應該已沒有慾望）智慧文雅的老人，和啞然笑著、從容就老的慈祥女老人（應該也沒有慾望），在喟歎什麼？

你好奇極了，亟想能移動滑鼠，游標點進老奶奶臉上，就像一些粗陋的自製動畫短片，老奶奶口中應該會像漫畫人物吐出一圈對白框解密，你想知道的是真實的、並非編劇和導演賦予他們的，否則，要找到那經典電影並不難，而且電影中他們喟歎著的也許眞是「寂寞呀……」

得找到那樣一座橋，得找到那樣一個黃昏，那樣一個並肩站立的人。

於是你暗暗開始計畫一趟旅程，麻煩的一向不是錢和時間，是旅伴，一名丈夫癌死了好幾年的友人，已習慣人人安慰她的寂寞哀傷，以為自己理當是所有人的旅伴玩伴首選，所以，這回要排除她，成了最難的工作。

退休沒退休的友人，津津談論旅遊計畫總是飯局的重點主題，地點、玩法、費用等等，南極已有半數人去過（「唔，還不錯玩。」），昆大麗？談論了十分鐘才知道是昆明大理麗江之謂，不然之前還暗自以為地理念得如何差到不知人間有此重要旅遊點（一開始猜想可能是墨西哥坎昆類的地方哩），友人們大動作的搶著說笑話，閃著電視購物頻道和市場口金飾店買的便宜珠寶，你這幾年也開始不明所以的戴，喟歎，是喟歎，小時候曾發誓絕對老了才不要像媽媽阿姨她們那樣珠光寶氣醜死了，這才知道，戴耳環，以免他人目光滯留在不遠處魚尾紋的眼睛和缺乏水分、膠原蛋白的醫頰；戴頸鍊墜，爲了遮掩那深如地峽的頸紋；亮晶晶的鑽錶，以防看到黯淡長斑的手臂；戴戒指，愈閃愈好，才不致發覺其下腫如小熱狗或瘦如枯葉脈的手爪。

你發現，原來珠光寶氣不爲吸引人，而是躲避人（是防禦的盾牌），不爲炫耀，而是轉移焦點的作用。

若有黃金甲此物，你也很願意嘗試。

其次要排除的是女兒，但那容易多了，只消禮貌的走一趟程序，先誠心邀請她（記不記得夏天可以吃到或買到季節限定的什麼什麼），女兒小孩氣的快樂答應，而後幾天，這已是這些年的固定公式了，開始理由出籠，報告沒寫好，學校的打工不好中斷，最後乾脆直說，能否將旅費折抵成一個LV包或新手機（兒子更早，要求旅費折成筆電或單車以及單車環島的旅費），女兒肖想你的LV包很久了，有時你覺得，這是你們唯一的聯繫，女兒比嬰兒時肖想你的胸懷還戀慕你的包包。

因此此行只能和丈夫，擇一黃昏，並肩站到那樣一座平直的橋上，一定能得到答案，餘生沒有比得到這答案更重要的事。

橋不難找，只要上Google鍵入電影名字，而後導演、演員的一堆瘋狂資料和連結網站必鋪天蓋地湧上來，更不用說那橋，其歷史、故事、四季不同風貌的照片、在哪裡、怎麼去、交通工具、票價、一日遊、橋畔的美食地圖……等等，一堆背包客和影迷狂熱的交換資訊（橋頭西側第二家竹器店的自製小掃帚用來清理桌上的烤麵包碎屑很讚內），焉知你要的橋，並非那樣就到得了的，那是常人所去，常人所看到的，並非你心目中的。其實那樣形制的橋，多年來你常去的異國城市有那麼幾座可以的，便向丈夫提議那旅程。

近年已少做家庭旅行的丈夫不免詫異，含糊其詞的答應一個約略的時段，你怕橫生枝節的說那就訂旅館機票嘍，果然丈夫覺得奇怪的問就我們兩個人？追問兒子女兒，確認他們不去時，又問個名字果然是那丈夫癌逝的女友，你亂答說她那時要去南極。

那旅遊的日子不遠不近的在兩個月後，屆時兒子女兒放暑假家中有人留守。這期間，並沒什麼大事（不知臥病經年的婆婆過世算不算大事，但也沒累到你，你們有默契：搶著辦後事的人便有財產優先分配權），丈夫的姪子們賣掉無甚可惜的老家，整出一袋丈夫的舊物交給你，無非是老照片紀念冊畢業證書退伍令和日記（彷彿死的是丈夫）。

〈日記〉

於是一對沒打算離婚，只因彼此互爲習慣（癮、惡習之類），感情薄淡如隔夜冷茶如冰塊化了的溫吞好酒如久洗不肯再回復原狀的白T恤的婚姻男女，一本近四十光年外飛來的日記，故事不得不開始。

你遲疑該不該打開日記、侵入他人的隱私，好多年了，你仍不知該把丈夫歸類爲他人或自己，因此你仍拿捏不了這分寸，你可以侵入他的身體

（當然，近年是以餵食各種維他命和健康食品），曾經他的心，他的信用卡帳單明細，他絲毫不在意，但他在意極了你翻出他的色情光碟讀物，他說，他還願意說的時候，「你上廁所摳腳皮時願意讓人看到讓人分享嗎？」確實這些事無關慾望一人便可完成。或許你在意的是，他慾望的對象竟是他人。

但你認出日記是你當年送的，多少你擁有這本日記硬體的所有權吧。

你深吸口氣打算潛入深海似的打開日記，首頁既陌生又熟悉的自己的字（高中那兩年所手寫的作業考卷的字量遠遠超過後半生所加起來的），寫著天眞甜蜜的祝詞，那股潛藏的撒嬌勁兒令現在的自己當場臉紅起來，可是丈夫，那個比現下的兒子女兒都小幾歲的少年如何實頭實腦絲毫都接收不到這訊息？因爲接下去的每一頁，那個少年自認冷靜理性的自剖分析對你的感情，猜測著你，最終只得以無怨無悔的祝福做結。

你才看一頁，就知道這將是未來歲月的所有支撐。

那恰是一整年的日記，你是貫穿其中的主角（是寫日記的少年說的「你是我所有夢中的情人」），但你已無法清楚回憶那牽動少年動搖、動情、思念、悔怨、沮喪欲死的是什麼？（少年寫著「還是想死，那是另一隻柔柔的手。」）

你如何做過、說過令十八歲少年想死的事？也許那時只因第二天的考試你不願放棄、也許覺得天下好大好想闖闖、也許曾以爲自己愛的是女生不願叛離……，因此你拒絕過他的看電影邀約或陪你等車搭車回家……

你只翻讀了幾日的日記，心底抽痛著，就像日記中那少年凝視你的相片時會抽痛的憐愛。

無論多想死的少年，無論你如何折磨，每日日記結束總心胸寬大的爲你祝福祈願，至爲潔淨的祝願你有個好夢，「讓你在我懷中睡去，讓我低吟童謠，再給你一隻大狗熊、一隻長頸鹿，如果眞令你開懷，但願那不是夢，不會是夢。」

〈多像一首歌的歌詞〉你這倒想起女兒嬰兒時，輪到丈夫負責哄睡時，他總喜歡唱〈Beautiful Boy〉，喜歡披頭四的丈夫，曾被人說長得像藍儂，而你很長一段時間的清瘦臉、濃眉，也被說過像小野洋子，那麼丈夫是把女兒當作是親愛的Sean哄吧，更早幾年，他怕是也把你當小東西哄吧。

你眼睛熱熱的，一心等著藍儂、不、比藍儂年輕多了的少年回來，充滿著愛意，想擁抱那少年，畢竟日記中寫道「再見面時，我一定要忍住不抱她，不親她，狠狠的忍住。」你只想連本帶欠著的擁抱他，親他，狠狠的。

你渾身熱熱的，像年少夫妻時短暫分離後的等待，彷彿被這分離切開的傷口，得賴他癒合。

丈夫進門，你駭異到摀住口（原來這動作是爲免心跳出口），他如常的壞臉色，一定是車位又被某白目鄰居佔跑了。怎麼說，你等的既是這人，又不是這人。一個黃昏，你以爲進門的，是那個寫日記的少年嗎？那個當時不期而遇見面時穿著學校制服、還沒靠近你都可感覺到眞實的電暖爐熱度、他且有一種特殊叫人暈眩的氣息（那時以為是暖乎乎的菸味，現在猜想是宜於你的費洛蒙嗎？），他總目光不移的笑著看你，你做什麼說什麼，誑語綺言的，他都笑著完全承受。

怎麼會是眼前這個進門至今正眼也沒看過你一眼的人呢？

你們按著平日各自的動線、習慣在屋裡更衣、沐浴、澆花、洗碗、整垃圾、躺沙發上看電視……，你扎煞著手，無由接近他，做你一個黃昏想做的，緊緊擁抱他，像當年他在每一天的日記中所期願的。

大氣中，你覺得失去了那少年。

啊，如此渺茫，如此悲傷，但又不可以，你不失理智的告訴自己並無人死去無人消逝，你思念的那人不就在眼前?!你們照著老樣子的方式過完晚上，從兒子去中部念大學，你們便別寢了這些年（真喜歡躺在兒子單人床墊上可以仰天張開雙手放心打呼嚕），你一時找不到理由搬回房，像曾經過往數十年那樣怕夢中會漂流迷失便兩人手牽手的睡。

之後的一段日子，你把那日記帶進帶出，乾脆重新把每張護貝（因翻動沒兩下就紛紛脫頁），那一字一字皆活的，令你覺得在做標本似的，把一隻珍稀的蝴蝶、美麗的蜻蜓封住，不會再凋朽。你且不貪多，一天只看一頁，挑與你此時此際同月同日同季節，四十光年外的那少年在同樣一個時間寫著：

——當市場收歇，他們就在黃昏中踏上歸途，
我坐在路邊觀看你駕駛你的小船，
帶著帆上的落日餘暉橫渡那黑水，
我看見你沉默的身影，站在舵邊，
突然間我覺得你的眼神凝視著我；
我留下我的歌曲，呼喊你帶我過渡。

泰戈爾《橫渡集》

嚮往一切一切，都像煙圈，騎在風上的煙圈。

祝你晚安，好姑娘——

無庸置疑的，那少年死得比你丈夫的感情還要早，那時的丈夫，那少年吧，喜歡讀詩，會唸詩給你聽，鄭愁予的、葉珊的。（幾年前兒子在準備學測以前叫聯考時便也讀過愁予的詩，你聽到幾句熟悉的催眠樣的字句，此後遂絕。）

現在的丈夫，至多只看報紙財經雜誌和排行榜上的人物傳記，偶爾咖啡館裡等約見的友人同事時還會去拿架上的八卦雜誌。（那不是另一種的坐馬桶摳腳皮應該私下無人做的？）

——唯一的一件事，先把大學考好。

我相信，××將是我最後一次的用情。得不到××，我不管自己是否是一個沒有感情活不下去的人，我也將把自己感情的生命結束。

××，我會等你，即使是白髮蒼蒼的晚年，這句話仍然是有效的……——

但你要那種感情做什麼？就像最後一次丈夫回答你的「難道認眞工作賺錢，對你和孩子們負責任不算是『　』嗎？」他依然不肯說出那個字，他也不願做出半點前半生花了好長時間教會你的。

包括丈夫在內的男子們想盡辦法教會了你們性是愛情的最佳表達方式，你們相信了，也漸漸深有所感樂在其中，忽然他們一手推翻了那定義，要你爲何不能像別的父母（動物）那樣好好愛子女，不要再這麼在意他。他們且不願再做半點接近性暗示的舉措，哪怕只是握握你的手，輕扶你的腰（或曾經腰的位置），觸觸你的臉頰頭髮，常常，你們要的就那麼多。

你們要進入老年了嗎？像醫藥保健版安慰和鼓勵銀髮夫妻的，不一定要器官的接觸，牽牽手、擁抱都很好，但你亟想丈夫用肉體證明那個他不肯說的字的存在，你才不要像你看過的那動物頻道中動物的一生那樣，沒頭沒腦瘋狂執拗的求偶、交配，然後性命亦可不要的餵養、保護下一代，最終皮毛殘敗的守著空巢穴……，但好歹，動物的老衰和死亡之間距離極短，再認眞的荒野記錄者也難捕捉到一頭失群老衰公獅的死，該說幸還不幸，人類的公獅要老衰好久，你得親自目睹。

唉，人要老好久才死。

其實不只愛人、伴侶這樣，朋友，朋友也是，少年時分分秒秒豐沛的感情淚水一生也似，對彼此忠貞的要求和檢驗不下對愛人伴侶，其中沒出國的，有幸參加彼此的婚禮，而後十年不見，如潛泳不得喘息的埋首工作和幼兒，再需見面時，互相協助度過各自伴侶的外遇期，一面比徵信社有效率的打探消息，也同時裝不知情陪吃、陪買、陪聊天。再就是彼此父母住院的探病，透過盛年豐沛的人脈介紹名醫、轉院，而後兒女結婚的捧場、父母喪禮的互相撐場面（高齡的父母走時已好少同輩親戚友人，場面不努力幫襯就好冷清淒涼哇）。

最終，彼此喪禮的送別吧。

七月十一日，巨蟹女兒的生日，你翻開那一天的日記（這是好一陣以來你生活中最重要、最期待的事），七月十一日：

——佩妮羅佩啊，好遙遠的新娘……——

接著是寫滿頁面的你的名字。

你能看到少年伏案一筆一畫刻著你的名字如同十年返鄉途中老漂流在

怪怪小島的奧德賽。你多想告訴他安慰他，一切的苦惱都會成過去，十年後，你們的女兒將會出生在這一天，長相是丈夫的復刻版，親族朋友們形容女兒，是××和××生的小孩，××和××皆那少年的名字。就像人類基因演化聰明（或意圖明顯）的詭計，長子或長女一定貌似當時的男伴，這個確認何其重要，取信了這男伴願意留守你們身邊保護你們、再幫你打個幾年獵到小孩起碼能獨立。

自然，兒子長得像你，是故，加入性別因素，他們是你們的交換而非複製，意味著，你在年輕的他們身上找尋不到少年的影子，你想同情或補償那少年，也不知該對年輕的女兒或兒子？

茫茫時空中，你仍找不到那少年。

——夢見××來，夢見我親她，醒來時直笑，好久沒這麼甜美的時刻。

不知能不能結束這段暗慘的心境，再說吧。
還是說××好，什麼假話不說，還是喜歡她——

這夢幾步之遙可成真，太容易了，只消兒子回來，你有理由回到你們的大床上，你會讓那可憐的少年，不，丈夫，不需作夢，手懷著你，要親就親，隨時可親，不用夢斷肝腸。

但你太知道，回大床後，丈夫會牽牽你的手如常入睡，爾後中夜得起身上廁所，會淒涼的發現兩人如同其他結婚多年的夫妻是背對背睡的。丈夫不會擁你入懷，不會親你，不會夢你，因此你快分不出，愛的到底是那少年還是丈夫？又或，那丈夫，可是少年？會是丈夫某次國外出差被替換過了？如同女兒讀的那些恐怖漫畫中說的「鬼替子」？

你只能冀望他能出現或記得那日記中的哪怕只是一句話，證明他是少年演變或老衰成的。如若這般，你也可接受。

你藉著回憶婆婆的生前事，問起（盤問）他的童年、學生時代，終至你們認識時。只要一句，印證他是那寫日記的少年，你便可放過他。因爲你瘋狂的愛上那少年，多想回應他，不再讓他苦惱憂傷、陷入深淵。你想保護、不、保存他，護貝他，不讓他在某個沉沉的夜晚被替換掉。

——我讀葉珊，聽到他說「你曉得這便是尾聲」我猛然醒悟了，在自己的心中，前一刻，我總存有一些僥倖，然而我沒有想到日後和你相見，讓我證實了結束，我將如何生活下去。

曾告訴你，我喜歡一個人在家，聽霍夫曼船歌，勾描你的容顏，那是多美麗的獨處，而那種心情怕一生難得再尋回，難了，難了——

你檢查他，飯桌上邊看晚報邊說：「今年聯考（你們一點也不願搞清並改口說什麼學測指考基測之類的）國文有出一題楊牧的詩，你記得嗎？葉珊的詩？」

沒有回應，就像以前他唸詩給你聽時你的沒有回應。你再給他一次機會，假作不經意的提示，不是以前喜歡葉珊的詩？

他拿起眼鏡戴上，不爲看你，而爲看清盤中物，挑揀出爆牛柳中的洋蔥絲瓣，面露嫌惡，不知對洋蔥還是對燒三十年菜仍不知他口味的你。

沒有回應。

沒有通過檢查。

不、能、原、諒！

你盯著那人身後夜色爲底的窗玻璃鏡子映出的你們一家一屋子，知道只要一個動作擲破這，一切會紛紛碎碎成幻影，你恨透這男的，少年無疑的被他給殺了。

是上天的撥弄、懲罰嗎？撥弄你這才認識那少年，懲罰你當時的不經心、不回應，或更該說，懲罰你愛上那四十光年遠的少年……，好可憐啊，你想像著那少年曝屍在街頭（臨終之眼烙印的還是你），旁邊立著沒有表情的、你丈夫，不、能、原、諒！

——你忽然想死了，那人就脫下彩衣來蓋你，天地多大，能包容的也就是這些。

歡樂或已離我遠去，笑容已經變成一種習慣動作了，實在死亦可喜，也只像愛慣黑夜的男孩，但是日出也是一份天幸恩寵。

這會壞事，眞是會壞事，但我只知不能再失去任何驕傲，否則死亦沒了那光光亮亮的刺激。

其實很早就知道遭這個世界遺棄了，踽踽而泣，也不會太不習慣，怕是用不著人來安慰，事實上亦忘了何爲安慰，因爲我說自己是強者，只有我不必收受安慰，也只有我沒有安慰。

驕傲，死亡，告別，我要逼自己說，我不再喜歡你——

少年是怎麼了？醉了嗎？字跡零亂，語無倫次，那日期，是聯考的最後一日，少年恰與你同考場，他考生兼自認陪考，總鈴聲響前十分鐘提前出考場，擰好冰涼毛巾，備好飲水，待你一出考場就遞給你。你都沒領情，考完最後一堂，與一群早約好了會吃會玩的男生女生跑不見蹤影。

少年的死，你也曾給過他一刀吧。

你尋思著，那替換，或謀殺，發生在什麼時候？

是有一年，那時你還記行事曆的時候，你在歲末最後一日的空白處上寫著一首流行歌的句子「是這般奇情的你，粉碎我的夢想」？粉碎少年曾給你的玫瑰色世界。

少年在那一日（你超前翻閱你們行將出發旅遊的那日）寫著：

——就這麼說
你如是天
就讓我是水
你有陽光
水亦燦然
你如是哭泣
就讓我爲你保留淚水
就讓你把滿空的陰霾投給我
於是天亮藍一如洗過
雨水也將因之又是一番鑑底的清澈
說給你聽的——

少年是如何修補好破碎的心，重振起精神的？是因爲那次日你答應他和幾個共同的朋友一起去夏日的海邊玩嗎？因爲那不久，他們男生就要上成功嶺了。你記得，你想藉此機會明確表示你們只是很好的朋友（怕他影響或因此肯定會失去你與其他男孩們哥兒們的友情），你半點不讓他任何動作哪怕只是擠客運車中略護搭你的肩，因爲隔空就可感覺到的高壓電力是會觸及便皮開肉綻的。

（你忍著不翻讀次日出遊後的日記。）

放心放心，你好想安慰、甚至告狀給那少年聽，三十年後，你們會走在異國一道海濱公路，那鬼替了的丈夫正賭著氣疾走，你們挑錯了季節，夏末人潮漸散，又炎熱又冷清，濱海公路旁一些指南上說的法式義式料理名店該開未開，你們買了一日周遊券，平行公路和海岸的老式噹噹電車道時上時下，看哪個地名怪就在哪下車。夏天太陽落得遲，海面不改變的藍著，天空也被陽光曝藍著，尚未有日落後的海風，丈夫熱得外衣脫下交由你拿著，你的夏衣已無法再脫，也不看風景，你們氣急敗壞的走著，像一幅大學時期看過的法國電影畫面，而且任誰（身旁公路久久有車呼嘯而過）也看得出，丈夫想把你推下海吧。

那原是一趟修補之旅。你們認識三十年結婚二十年，丈夫的電腦中出現一名熱烈追求他的小女生，年紀比那時的女兒大不了兩三歲，尾牙宴上，你照眼即知，隨即一種極複雜的感受，你眞想能像一些不顧教養的女子快意的摁她個大耳光，或像電影中的潑婦那樣罵它個痛快一吐心中所有鬱壘，同時你又大度好奇的打量起丈夫，他要是因此重又回到三十幾歲時的像一隻一心只想把母鳥拐進巢裡的公鳥（兒子說的精蟲灌腦），也功德一件。

丈夫多年來習慣假裝君子因此不察也不須明確拒絕別的女子的示好追求，倒過來怪你小人之心小心眼。

終至女孩寫了熱情露骨的話，邀約丈夫在一趟公司出差後多留數日去一趟那海濱公路環繞著的半島。唉，那年頭，正流行著那麼一本通俗色情的爛小說，男主角的中年男子和一女子的不倫之戀，貫穿全書便有那麼一張迤迤邐邐遍半島的偷情地圖，無非昂貴的旅館、酒館、餐廳和野合地點。

女孩的表態催逼太明顯啦，只想享受一些微妙張力的丈夫只得承認你的洞察是準確明智的，允許你介入協助。

你在他們公差活動結束的最後聚餐出現，和丈夫一起表示你們將多留兩日過結婚二十週年紀念。你們接受同事們禮貌起鬨和假裝豔羨之聲，倒是你半點不敢看那女孩，害怕那與女兒肖想你的LV包不成的相似神情。

那趟旅程，丈夫半點不肯與你歡好，背對你睡，對冥冥中的什麼人守著堅貞似的。

——不死就咬牙，如此如此。

天氣不太熱了，眞的不太熱了。

晚安小姐，晚安，如果好，那就什麼都好，小姐晚安——

你與那少年，那已死的少年，結成生死同盟，覺得世上不會有人比你們再要彼此瞭解了。那日記不再只是一本曾經記錄過去的書，它充滿了啓示性，你得以懂得當下，並且知道明日該如何活。

出發的那日，日記上（你仍帶著其中那日期標示與你們此行一致的護貝日記），「××」，他喚著你的名字：

——××，我眞想哭，當我又覺得有收束不住的年輕，桀驁不馴的血，××，我眞想哭，我也夢想那種柔情，那種任性的遊戲，不論是晴是雨，我想把自己赤裸裸的丟在沒有人跡的原野上，××，你想過，想像一個男孩哭嗎？××我眞想哭，不是被壓的委屈，不是哭泣的窮途，只是我知道自己有約束不住的血，莫名其妙的淚。睡吧，××，讓我爲你祈禱，看你安詳的睡去。——

早班的飛機，天未亮就出門，你在機上索了薄毯安詳睡去。醒時並非在空中小姐殷殷垂詢要吃魚或牛肉，是被丈夫的手摸索著你的胸，是一趟即將展開純粹的休憩或禁菸的焦躁使得他駭起來？你任由他，因爲出門，穿了件不舒適但美麗的新內衣，胸被半罩杯托高得鼓脹，丈夫輕易便摸挲到乳尖，你闔眼繼續睡，作夢少年在探索你。

少年多愛慕你，把你當作一尊月光下的女神崇拜，好奇著那隨月光雲影漸漸移動的陰影深壑，少年伸手輕觸它，被那大理石的冰涼打個冷顫，隨即少年用那超絕的決心、熔岩的熱力擁抱神像，所以你幾已不復記憶清楚那些年間你們的歡愛細節，因爲少年那太陽表面白熾的光熱使得你所有官能覺都瞬間完全燃燒至灰燼也不剩。

神像毀棄於地。丈夫毯子下解開你前開式的內衣（他都沒看一眼那美麗的黑紫交織的蕾絲質），興致未因四十年的熟稔而減，你知道他此時第一志願是希望你能伏下身親吻吸吮他。你害怕那之後的狼籍，便繼續裝熟睡，暗暗吃驚慾望的迭起迭落。

那結婚二十週年旅遊回來，丈夫仍不理你好久，你不知是因爲寂寞或慾望臨去的迴光返照，你發熱病高燒的希望（以致快出現幻覺）隨便哪裡有個男人、杵著堅硬慾望中的下身，別囉嗦半句半個動作，你只要坐在那身上，便病除，你終於知道爲何有所謂水電工送瓦斯工人，是那些個同你一樣的女子病昏了。

你羞答答問過那少年「你喜歡什麼樣的胸？」你期待的聰明答案是「我喜歡哪樣哪樣的、沒想到你恰是如此，我好運氣極了。」

少年離開你的胸，清澄的眼睛望著你「我喜歡你的胸。」

你們進住旅館，行李尚未放妥，丈夫便把機上未完成的慾望反身向你，你才知道，慾望的能力也許隨年齡消褪，但慾望本身可以存活很長，竟日，數日，也是一種病。

丈夫親吮著你的胸，你動情起來，願意給他額外的最後一次機會，你問他「你喜歡我的胸嗎？」（那少年在戀慕纏綿中曾一把將你抱起至鏡前，要你看自己「你都不知道你多美。」）

丈夫抬頭看你一眼，約莫怨怪你中斷了這好不容易聚攏的醚味兒，起身去喝水、上廁所、抽菸，你果然衣衫零亂的被擱在那裡，室內空調強冷，你汗水體液瞬間乾淨清涼，神像、石像毀棄於地，是這個意思。

少年的亡靈，曾經、剛剛，大大柔柔的羽翼擦過你們交纏的身軀，你靜靜淌下淚水，別走，你望空追逐他的身影，心底呼喚著那少年。

你翻身摸向丟在進房處的包包，氣喘病人找氣管擴張劑般的翻找明日的日記。

——××是個好女孩，不折不扣的好女孩，是世界上最好的女孩子，是我所有夢中的情人。××，××，我不知怎麼辦。

還是想死吧，那是另一隻柔柔的手。

死亡和愛情，詩歌和哲學的焦點，一直沒有解答，難怪自己徬徨這半年，原來，這是亙古最難的兩道題，而今天占據滿心的亦是這兩者，難怪自己不懂，是不懂。

好奇怪的女孩，你喲，你還在外公家，或是睡了，我都記得你，都會想到你，你的每一個笑容，每一次顰眉和流淚——

如何少年像在悼亡那個女孩似的，莫非，如同丈夫殺掉了那少年一樣，你也把少年所有夢中的情人、牽動他笑、愁、憂的女孩，給偷換、偷宰了？

這樣想下去，就沒意思了。也應該不是如此，因爲你愛慕那少年，你還能回應他，你還記得通關密語，丈夫，一句也應答不出。

你們去最想念的餐廳，打量菜單好久，機上餐弄飽弄壞了胃口，只得你替丈夫點了以往他點的，丈夫替你點了每次來時你會點的。（啊，吃不動了。）

那，去那座橋吧，畢竟，那是你此行的目的。

太熱了，丈夫抱怨著，明天傍晚再去吧，不然會熱衰竭中暑什麼的。這你也沒想到，高你們緯度二十多度的地方，暑熱沒減，而且有祭典，滿街國內國外觀光客，更增加了空氣中的燠熱感。

其實你打算去的那橋，距你們落腳的旅館步行大約半小時，不遠也不近，是過往你們還牽女兒抱兒子來時喜歡的黃昏散步路線，小朋友特愛去那座有個數百年歷史的橋，因橋下常有飛進內陸的海鷗向人索食，有燕子穿梭築巢，有某種水鳥看人釣魚（那些釣魚人離開時往往把不要的小魚丟給等在一旁的牠們），端看去的是什麼季節。

釣魚人似乎始終是那幾人，慢跑的也是，騎單車的、遛狗的、橋拱下的遊民、岸邊約會的情侶，常讓你有一種隨時可接續、從未離開過的感覺；但也同時錯覺因爲你的到來，趕快舞台布置，演員集合，太陽光打好，等你假期結束離開，眼下這些人連同舞台布景全收縮入一個道具箱裡。

還沒到那橋上，你已滿滿都是回憶，你記得兒子女兒三、四歲時抱起來熱嘟嘟的肉感，他們不顧一切探身橋下看魚看水看鳥的執拗勁好難抱穩，你向少年求援，你很確定那時還是少年，因爲他正咬著菸，一面弄他的攝影器材，一面笑看你，你做什麼，他都笑著看，包括歡愛時，他眼底滿滿是笑，你害羞極了，覺得在他的目光下，你像一朵怯生生、一層一層緩緩展開的美麗的花兒。

（啊，做不動了。）

你們在旅館裡各做各的事，丈夫因爲好好泡了個長澡，邊看無聊的綜藝節目邊好整以暇修腳皮（什麼時候開始，他在你眼前開始做他號稱應該私下做的事），你已逼他吃過水果，盡了責任，便也做著在家沒空做、應該私下做的事，敷面膜，補綴早有綻線危險的裙角，再等會兒，長夜漫漫，你將在旅館照明特佳的盥洗檯鏡前拔白髮……，你們暗暗共同等一件事，等扣除時差後的家中十二點，打一通電話回去，雖然明知道兒子一定坐在電腦前，女兒也一定在電腦前。

長夜漫漫，你好久沒和丈夫共寢，發現丈夫鼾聲依然好大，也因意識到共寢者的存在，更才發覺自己也開始有好大的鼾聲。丈夫是被你的鼾聲給打攪嗎？翻身不寧。人老了，應該像老公獅獨自離群了斷。

（啊，做不動了。）

——我相信，××將是我最後一次的用情，得不到××，我不管自己是否是一個沒有感情活不下去的人，我也將自己感情的生命結束。

××，我會等你，也會使自己更好。

即使是白髮蒼蒼的晚年，這句話仍然是有效的，一切的歡樂繫於你。我會等，用整個生命的日子，直到我的生命落了幕。

世界上沒有第二件事能夠讓我覺得可喜，如果沒有你，沒有你淺淺的笑，沒有你提燈的手。

我再說一次我會等你，不管是滿頭的白髮，我也將遞給你一雙手，一個無言的微笑，和一曲輕柔的歌。我不會離去，會留在我們最初的地方，等你，即使再見時是一對老年的朋友，我仍將執起你的手，一步一步的走，××，我不要求什麼，只是讓我等，讓我等。——

（啊，走不動了。）

第一次，你們居然坐在計程車裡，前往那過往像自家後院般熟悉、遠近的橋。太熱了，路上人也太多，是祭典的第一天，丈夫頻頻歎著氣，車子移動得比步行還慢，怪你爲何挑這期間來，昨日 check in，也才發覺住房費比平日漲一倍。尚未走到那橋上，尚未與丈夫並肩那樣凝望遠方如同那張泛黃的黑白老照片，你已知道他們在喟歎什麼了，與那斯文優雅並不同調的內容，「啊，吃不動了，走不動了，做不動了。」只除了滿滿、沉甸甸的、一無是處的回憶。

不須前往，你已得到答案，答案是如此不奇特得叫人想放聲大哭啊。

原來是這樣，是這樣……

丈夫決定棄車、步行，一來橋已不遠，二路上愈來愈多應祭典穿著傳統服飾的男女，三丈夫因此把攝影器材準備好了。好些年了，丈夫拍鳥、拍荷花、拍老人、拍島上愈來愈多的什麼祭，拍不同季節、黑夜、落日、年終煙火的一〇一大樓，獨獨不再拍你，曾經他所有鏡頭下的主角（所有夢中的情人）。

你付妥車錢，下車想跟上他，立即陷入逃難場景一樣的人潮裡，腳步細碎不時踉蹌，以爲自己也成了穿著長及腳踝傳統服的異國老婆婆。

你看不到欲追趕的背影，你多害怕，害怕再錯失他。

（並沒有那樣一座可以空無一人，只有你們兩人老公公老婆婆站立的橋了。）

你不斷撥開湧在面前商家發送的廣告扇子，群湧的人頭中，看到橋正中央的那人，回頭望你，看到你了，因此放心露出不耐煩眉頭緊鎖法令紋下垂眼神混沌，你二話不說振步向前，突破重圍，他正回過身去俯身拍橋拱下覓食餵幼鳥的燕子吧，「你曉得這便是尾聲。」不需要很大的力氣，你雙手一送，把他推落橋下，如同他曾經並沒費太大的力氣，就殺死了那少年。

——你忽然想死了，那人就脫下彩衣來蓋你——

少年曾在四十光年外的七月三日這麼寫下。

……

你和我一樣，不喜歡這個發展和結局？那，讓我們回到〈日記〉處，

「我喜欢这个結局」

「於是一對沒打算離婚，只因彼此互爲習慣（癮、惡習之類），感情薄淡如隔夜冷茶如……的婚姻男女」之處，探險另一種可能吧。

以交错的方式、對比了同一件事、发生於不同时空所產生的不同結局。

〈偷情〉

天未亮，昨日預定好的跑機場計程車已等在巷口，按捺著的引擎聲仍一波一波清晰可聞。

你輕聲肩起包包，拖著行李，臨出門邊穿鞋邊回首屋裡（除了兒子臥房門底透著一絲光，大概仍在線上遊戲；丈夫仍熟睡，鬧鐘定時三小時後，他的班機較你晚），仍未有半點天光的家，只大家具輪廓可辨，沒有景深如隨手勾描的簡單線條，隨手一抹便可塗銷，你忐忑起來，不知此行吉凶。

飛機起飛時，你從待機的溫吞氣悶導致的昏睡中驚醒，並摸不到鄰座扶手上的手，也才想起丈夫不在身旁，那個知道你害怕搭機因此總全程尤其起飛降落時握緊你的手的人，你們在結婚不久的熱戀難分難解期曾相約，若不幸遭遇空難，一定彼此要緊緊抓牢像表演高空跳傘一樣在獵獵冰風的晴藍中警醒的抓緊對方，如此兩人靈魂才不致離散迷失，並得以一起上天堂下地獄或投胎轉世。

和你相約一起投胎轉世的那人還在家中無辜的沉睡著，未有空難，未有鉅變，你即將離開他，投赴另一個男人。

你眼睛濕熱起來（更年期之後，所有體液急速枯乾，除了眼淚，變成一名好哭鬼）。

想想另一個男人吧，你心中如此自言自語，那畢竟是你期待並計畫了好久的此行目的。

結婚三十年，你從沒有過與丈夫之外的男子的肉體關係，或許連精神戀愛都沒有，只有工作上不同時期短暫微妙的你戀慕著人，或隱隱感覺誰戀慕你的一種甜甜焦焦的滋味。這一切並非你信守堅貞忠誠的價值或沒碰到叫你眞正不顧一切的人，你心知肚明只因自己太膽小啦，經不起挫折和驚嚇，比方說，萬一面臨寬衣解帶時，彼方的內衣比你丈夫的還舊還髒呢？萬一他日夜肖想人模人樣的你裸裎時（打開禮物）好叫人失望怎麼辦？

「吃太飽了。」一名韻事與韻事之間才有空找你倒垃圾的女友斷然提出她的不同診斷，「因爲你平常都吃得飽飽，大概要五星級大餐你才會動心。我不同，我一天到晚在飢餓狀態，路邊攤、鹽酥雞都吃得好香。」

女友在婚姻狀態，外遇沒停過，對象涵括房屋仲介業務員、快遞小弟、計程車司機、水電工、修理紗窗紗門……這些以她的工作社經階級來說的「鹽酥雞」。女友認爲你與丈夫的關係是飽足的，無論感情、肉體，所以她覺得你的膽小擔心愚蠢外行極了，「熱起來，誰會看到髒內衣、肚腩、禿頭、香港腳！像我這肉肉，誰嫌過！」說著輕易一手抓起腰際確實的一圈肉。

（然你眞的在飽足狀態嗎？）

你此行要偷吃的絕不是鹽酥雞，是米其林三星級的，你們在三十年前或該說更早，彼此的大學時期曾熱戀過，那時毛髮繁茂並發出莽林的野味兒，身體，啊，確實熱起來無能留意身體的細節，也或許那熱狂中不免怯生生，你們幾乎是無時無地不可做，校園的好多夜黯的角落、海邊廢棄碉堡、日場少人的電影院……，如何的親吮、如何的把對方與自己按揉爲一人，都無法饜足，你一點也記不起嬰兒時向母親索乳的渴切，應該是類同加總了尋求保護溫存的感情、官能、動物性的迫切吧，近乎哭啼啼的非得找到對方才能飽足，才能展顏，才願意繼續活著。

（是如何分手的？）

（其後你們都各自嫁娶，都有一兒一女，沒離婚，都繼續活到在年輕同事、兒女、後來結識的友人眼中道貌岸然的年紀，直到你們相遇。）

你未嘗沒偷偷想過，當年錯過的你們，某一日（這個想像從假設三十歲、到四十歲、到五十歲、到快六十嘍）再相遇，會如何，會彼此覺得這人還真滿討厭的？好比你社會化之後的習慣咄咄逼人好發議論以掩蓋自己的膽小羞怯，好比他年輕時吸引你的沉著不語現在可能陰沉無趣像遍地可見的怪叔叔，可能你們就禮貌的點點頭握個手，假裝感慨時光流逝好快啊你兒子已經在念研究所哦有女朋友了喝喜酒別忘了通知我們老朋友並假裝互留地址通訊看對方手忙腳亂掏紙筆名片老花眼鏡忍著不戴上因此名片上寫著什麼鬼字看不見不能說啊你還住在老地方……唉呀，怎麼她（他）散發出一種洗髮精、古龍水、護手霜、漱口水也遮蓋不去的、老野獸味。

（接過名片，謝謝再聯絡。）

不是這樣，不要這樣的場景。你們可能是在一個眾目睽睽的社交場合，你早感覺他帶著熱度的目光最先進的熱感應武器一般的尾隨你，而後有熱心的白目者要爲你們介紹彼此，他握住你的手短暫不放，叫你的名字：「多少年啦。」他的手感熱度一如當年，事實上，有一兩年，你們連體嬰似的手牽手從未分開過。你一定睜亮著眼、力圖鎮壓身體其他器官官能（心臟、呼吸、臉紅）不得慌亂叛逃，或許像女友說的，熱起來，他一定只看到你的眼睛，你只看到他打心底滿眼的笑。

是天雷勾動地火，不然，他不會爲你拋家棄子，你們各自編了理由交代家庭職場，相約到異國城市，訂同一個旅館房間，擺明了要做什麼。

爲你拋家棄子，你爲這幾個字詞著魔了（道德規範去死吧！）。對於他這一向如此沉穩自律、從不戲劇化不失控的人，不惜毀棄這一切，那代表會釋出如核爆一般的能量吧，你期待極了，沒有一件事可以阻擋。

從出機場開始，一切都得自己來，過往是你守行李，丈夫去看車行時間購票，現在都得自己來，果然是一個全新的開始。

這是一條走慣的路，你們訂的是你常去的城市常去的旅館，與那句幽會賓館業者的廣告詞「換老婆不如換旅館」正相反。你看過車窗外四時不同的景致，有大雪中只餘黑白二色如木刻版畫的，有春日新綠的，有大氣藍天下金風颯颯的紅葉黃葉，有像現在豔陽下、車廂門窗密閉仍彷彿聽得見驚聲尖叫的蟬鳴。

風似乎很大，濃綠的樹潮異常湧動著，有一年，兒子女兒還小，忘了與丈夫什麼事端不愉快，你匆匆決定三人做背包客，帶少少行李，不預定行程旅館，便也在這樣的季節（他們的小學暑假），這樣的路線，中途你們擇電車圖上有趣費解的地名便臨時起意換車前往。大小三人不經折騰的昏睡著，沒睡著也聽不懂車廂異國語言的喋喋不休（後來猜想，大概是提醒乘客從某大站之後，列車將撤去末四節車廂），你們好運氣的在倒數第五節，醒來時發現車後一片透亮的跑在一片原野上，兒子女兒愣愣的趴伏椅背看窗外，各自戴著蝙蝠俠和 Hello Kitty 的棒球帽。一切恍如方才。

時候到了，原來兒女也並不重要。

不然何來拋家棄子之謂？

「你願意爲我拋家棄子嗎？」比「你願意嫁（娶）我嗎？」更具吸引力和神聖性，可以同樣站在聖壇前莊嚴回答的。

你抵城市的下車處距旅館並不遠，但你沒打算先進駐，因爲你不知道要在那樣一個充滿回憶的空舞台上如何開演。等他先到吧，由他公蜘蛛一樣張好網，你再登場。

你將行李置於車站內的寄物櫃（不忘將行李中爲此行準備好的美麗襯衣取出置於隨身背包），附近的店家太熟悉了，以致失了興致，你心不在焉的逛進一家便利商店，買了水，雜誌架上抽了兩本這季節這城市的慶典、餐館介紹。過往丈夫總在店門外抽菸等待，給你莫大的壓力，這會兒你閒逛起來，細細比價選擇任何城市面目一致的美工刀、牙刷、筆記本、各種機能的維他命，最終你還取了一瓶酒精瓶模樣和內容也似的 Absolut 伏特加，冀望萬一屆時讓你緊張到無措，或許你可將自己快快麻醉，任由他。

距他的班機推算到抵旅館時間還有一些，你決定進一家髮廊，剪短了髮，染成栗色。異國的剪髮染髮遠比你們仔細講究，你費了遠遠超過預計的時間，心弦緊繃著他入旅館後的可能一舉一動，他會好好洗個澡，浴缸中，也正懸念著你？一如他曾在當兵時在信中說起每休假北返會你時的心境，他引用一首情歌，儘管歌詞情境正相反，是離開情人的，但那細膩的懸念他覺得完全是他的心情寫照，——當我到達鳳凰城時，她才剛起床；她會看到門上我留的紙條；她會笑開來，當她唸到我已離去那段話，因爲過去我告別這女孩已太多次了。當我到達亞伯喀基時，她做著家事，她會停下午餐打電話給我，而她聽到的將只是響個不停的鈴聲，來自牆壁那頭，就這樣。當我到達奧克拉荷馬時，她將已睡了，她輕輕的翻個身，低聲叫我名字；她哭出來，這才想我眞的已離她遠去了，儘管我一次兩次三次試著這麼告訴她，她就是不相信，我會眞的走開。——

你想他正浴缸中一面懸念你一面洗得是那樣乾淨無死角無老野獸味，要你怎樣親吮他你都願意，他會為你神魂顛倒親吮遍你全身嗎（啊腰腹那一帶最好不要）？他會為你服助興的藥物嗎？就像你為他已塗抹按摩了一兩個月的瘦身緊膚霜，然而這些一定都不需要，像女友說的，熱起來，眼中只有吸引彼此的地方，熱起來，沒錯你只記得他那時的乾燥、堅硬、滾燙、有決心。

這叫你渾身熱起來，尤其清楚那熱熱發疼的來源是那久已未用的器官（心臟啦）。你不耐起來，恨不得中止正烘著的染髮走人。

好在旅館對面有一家大型百貨公司，廁所寬敞潔淨，有給那性急想立即換上新裝的顧客的裝設，你便好整以暇把美麗的內衣換上，廁所間並未有鏡子，所以低頭只會看見被蕾絲胸衣托高擠壓耸形飽滿的胸，長長的深溝眞的可刷卡，你在其中抹了點催情誘惑的依蘭精油，覺得自己女王蜂也似。你想像不久後他埋首其中的迷醉狀態，下身緊得微微發疼。

他也正苦苦思念你得緊嗎？想像著你一步一步走在異國綠蔭街道上，這個爲他不惜拋家棄子的女子，想得心臟疼疼的，下身發作起來，要把這三十年該擁抱該愛愛而沒有的全數補上。

一切如你所料，他已沐浴畢（頭髮還濕的），繫著乾淨的旅館浴袍，在爲你開門的第一眼，握住你的手，你們都來不及問候彼此旅途、到達的時間、順不順利、吃了飯沒？他眼睛放著異彩，將你新娘一樣的緩緩牽你入房內，忍耐著已經清楚發作的身體，像第一次得以接觸你一樣，小心翼翼的摸你的頭髮，你的臉頰，你的胸，抬眼看你，眼神複雜得叫你不懂（有理解、有感激，唯獨沒有你原先以爲會有的官能迷醉），他是從你打理得如此美麗的胸衣窺得你拋家棄子的決心和準備嗎？

他將你輕放床上，俯視你，你害羞到兩手蒙住臉，他輕輕揭開你的衣物，想必那目光是隨手去處遊走吧，最終他拉下你的手，你緊閉眼，覺得臉比胸比下身比身體其他美麗不美麗的地方都害臊都怕人看，他重新撫摸你的臉，歎息著，你在他眼裡讀到憐愛之外還是憐愛。是三十多年前的那人。

你們半點花招也來不及，用三十多年前最傳統最羞澀的體位方式完成。未到高點，你已熱淚盈眶，覺得愛這人愛瘋了（與你丈夫同年的這人，比丈夫要久多了，久久不離你身，溫柔的翻攪著）。

（他也曾如此溫柔愛憐的對待他的妻？）

你撒嬌著嗓音要求他「不要穿衣服，不要走。」

他手指刮去你眼角淚水，滿是熟悉菸味的手指，你咬住它，阻止他起身去抽菸。

「值得嗎？」沒問完整的句子是「這一場，可值得你、我拋家棄子？」

他笑笑，親吻你的臉、胸（你知道這已是出於禮貌而非慾望），披衣起身去窗口抽菸。

你望著他逆光熟悉的剪影，忍不住問：「你出門時××睡了嗎？門關緊了嗎？○○這幾天特別愛往外跑，回去要帶牠去結紮了。」

××是你們兒子，○○是你們年初認養的一隻年輕公貓。剪影、嗯、丈夫苦笑笑。

「好罷……」你自問自答，都說這五天假期不回到現實裡。

因爲這一切都是你要的，你安排設定的，起心動念是結婚三十週年的晚上，你問丈夫：「要是當年我們結果分手了、錯過了，各自嫁娶，現在再碰到，你會喜歡我嗎？會瘋狂愛上我嗎？不惜拋家棄子？」

丈夫經不起你的執拗，也曾小心翼翼不掉進陷阱的回答：「若是結婚的對象是你，不會的。」

這是安全的答案，但不是你要的，「不管她是誰，你要現在的我嗎？」

「這是不可能並存的前提啊。」丈夫忍耐著。

「可是你要現在的我嗎？」

也許你只是要不怎麼表達感情的丈夫藉此輸誠一回吧。

但丈夫眞要說了肯定的答案，你能接受他會爲一個女子（管他那人是你！）不要與你共度的這四十年加女兒兒子嗎？

這些對話問答分散持續的進行在討論物價、地球暖化、沒完沒了的各種選舉暨選情、兒子的延畢和兵役、女兒男友家的複雜背景、丈夫公司大老闆的接班問題……乃至貓咪○○到底要不讓牠出門還是可以自由進出但得結紮……。丈夫有時不耐煩，有時認眞答，有時像是自己也掉入困惑中，便一次反問你「那你呢？你肯嗎？」

「當然。」你毫不猶疑回答，因爲已經想過太多次了。

丈夫驚異的看著你，眼底有著微微的不解與失望，這你才更失望呢，原來他只是慣性的習於這過去的四十年而不爲眼前活生生（雖老佝佝）的你所吸引所愛慕，這樣，就玩不下去了。

「都多老了，還玩他們玩的遊戲。」他似乎洞穿了你。他說的他們，是兒子女兒吧。

但總總你就是要再聽他說一次，並非像很多結婚三五十年的夫妻沒死的話再一次重披白紗禮服（通常好醜哇）與兒女媳婦女婿甚至第三代一起拍攝當年太窮或耍帥沒拍或搞丟了、吵架撕毀了的婚紗照，你要的不是這個，你要像當年站在聖壇前，他回答是否願意娶你爲妻時的答案：「我願意。」你要你們兩人站在某個莊嚴神聖的聖殿神器前，「你願意爲她拋家棄子嗎？」你要聽他答：「我願意。」

你要用這五天的假期讓他如此回答。

要說服丈夫並沒太難，假期原是預定的，對他來說改變的只是你們搭乘不同班機、分別前往，他只擔心你能否一個人搭機換車拖行李抵旅館，叮囑你，出機場，坐私鐵，別搭乘國鐵，要你牢記這兩種的辨識和購票窗口，你叮他「就當我們背著各自的家庭偷偷相約在國外，不是很多名人躲狗仔都這樣嗎？」

丈夫畢竟答應了。（所以，他還是肯於爲另一個女子拋棄你和孩子們？）

「餓了嗎？」那人、背著光，臉上因此一點滄桑痕跡（就皺紋啦）也不見，三十幾年前某熟悉的一刻，他在當兵，你去探他，你們大起膽子旅館過夜，廝纏終日不外出吃喝，你乖乖的點點頭，將自己的眼神調回到三十幾年前的那個女孩。

他前來將你衣物一一撿拾起，攤平在你身畔，手戀戀的摸摸你頭髮（他有發覺你的栗色髮嗎？），你回答著三十多年前的話：「你轉過身去別看。」

你們走在異國城市街頭，你近乎抱著的挽著他膀子的走，等紅綠燈時，他回摟你，滾燙的手掌停擱在薄衫的背上，你等著它滑落到臀上，你穿了絲綢內褲，色不迷人人自迷，好想調頭回旅館，風火烈焰脫個精光等他親吮遍你。

「別急。」他拉住紅燈快結束想過街的你。

你們最愛的餐館裡，他爲你點了你最愛的餐點，你爲他點了壯陽的海鮮，其意甚明，他歸還菜單，深深看你一眼，眼神些許陌生，你心底此行第一次浮現著感傷：「好可憐呀……」好可憐的丈夫，不知道你與人偷起情來如此瘋狂。

因此餐後他問你：「然則我們現在去哪兒？」你竟訥訥答不出，你不忍心在那印滿了不同時期你和丈夫孩子們身影的街道上強壓上你們的足跡。

他也意識到同樣的事嗎？猶豫著無法決定。

「都依你。」四十年前，你說過一樣的話，那時你們從正午到黃昏，走了一條又一條的街，假裝談各自的童年、談家庭、談學校同學老師、談未來，但彼此都知道唯有找個角落好好擁抱親吻交合，否則這場熱病是褪不了的。你們不知不覺在某大學附近有著數間小旅舍的街道上來回走了幾趟，你這樣告訴那少年時的丈夫。

他也想到相同的回憶了嗎？（「都依你。」）牽起你的手，毅然轉進巷子裡的一家成人電影院，多年來，你們曾偶爾行經它，都假裝不察，從未想過進去。（又或熟睡了的你和小孩，說出去買菸買咖啡的丈夫曾來過？）

他目的甚明的挑角落坐，其實不須如此，因爲白日的電影院並不見什麼人，不等色情畫面出現，他已伸手到你裙內，你回報他，拉開他的拉鍊，掏出發作中的那物，背對他坐於其上，兩人仍假裝看銀幕，他親吻你的頸和耳後，雙手輕觸你早已解開襯衫釦子和內衣的胸尖，你們有沒有發聲不知道，因爲那銀幕上的男女已替你們呻吟喊叫了，四十年前，你們常如此做，但那時未避孕又怕懷孕，總不能每次都如此密合輾轉，如此心盪神馳，你抓過他的手蒙住眼睛，他直起身勾頭吮吻你的淚水：「天啊你多美！」

他對他的妻也曾如此嗎？

爲何他如此自在、享受，習慣得、像個老手？

也許，你並非他偷情的唯一對象？

你感覺到戲院裡的冷氣好冷，不需擦拭收拾，你們又是兩個乾淨清爽的人了。但銀幕上的喊叫激情仍繼續，你飽得快打嗝，確實剛剛吃得過飽，裙腰好難重新勾上，但一切眞是女友說的，熱起來，什麼都看不到，他一定不察你豐潤的腰腹，你不也只感覺到他充滿決心和情慾的手、富生命力的喘息、滾燙的身軀和那叫人動情的話語。

這才第一天。

漫漫長夜，你忍著不做三十年來妻子的工作，削水果、泡茶、洗手帕內衣、打開行李掛衣服、打電話回家給兒女們問他們有沒有記得吃飯。他呢？不慌不忙開著電視，看一本體育雜誌，你去他身邊偎一偎時，他就戀戀的、恰到好處、不致發展成一場性交的撫摸你，他半點也沒念頭要打電話回家，他比你能說到做到拋家棄子。

這不免叫你有些一腳踩空的失落感，才第一天，已經不大知道要怎麼演下去，幸虧有白天買的那瓶伏特加在，你求助於它，灌酒精似的喝了半瓶，像個失意的人，雖然明明丈夫和情人都在眼前。

爛醉如泥中，他似乎把你抱上床，你也許沉睡了半夜或才一個盹，知覺他親吮著你下身，室內燈顯得奇亮以致無法睜眼，你喊他名字，想要他關小那具攻擊性的燈，他卻顛倒身體將那物垂懸於你口中，那物並未發作，柔弱可人，你像親嘗什麼美味似的單純的吸吮它不盡至睡著。

次日醒來好害羞，你盥洗，發覺臉被他體液暈染得像敷了面膜的滑嫩，但鏡中宿醉的自己，像殘妝未淨的既憔悴又媚人極，那偷情男子把你變作這般的吧……，「我們錯過了那麼多……」歡愛中，他好像在你耳邊說了這話，他說真的假的？說的是誰？

不只你害羞，他也有些。你們二人神智清明的在早餐桌上隨興決定去一個新地點，那地點的觀光海報貼滿各公共場合，是一處五月以牡丹、七月以紫陽花聞名的寺廟，你們依電車地圖輾轉換車前往。

別人眼中，你們是一對拘謹岸然瀕退休出遊的夫妻吧，他稍稍坐立不安，反手按腰背，你問他，都不用有話頭（「腰怎麼了？」），「床太軟？」他笑看你一眼：「老婆太軟。」

你吃驚他不同於過往的嚴肅和不談夫妻之事，你問他「會想家嗎？老婆孩子？會有罪惡感嗎？」

幸虧鄰座乘客無法聽懂你們的對話，他反問你：「你呢？」你握緊他的手：「我喜歡你，不想放你走，不想假期結束，不想回去。」不能想像這短短的假期一完，得各自回自己的家，你動情起來，濕熱著眼看他：「我們怎麼辦？」

他吃驚你的入戲嗎？沒搭話，站起來抓著吊環暗暗紓緩伸展著，一會兒便凝神窗外的遠景，你反身攀窗，也想看他看到的景象。車行已快一小時，你們行在原野上，不時有獨立的小丘陵由遠而近而錯身，丘陵邊腳上通常簇擁著小聚落，可愛的兩層小屋子，天氣好，曬晾著可愛的小衣服，你很願意擇一小屋和他隱居其中，爲他生兒育女。

不料你們前往的那地方就是一小聚落，車站在山丘處，你們拾長長的石階下至小鎮中心，橫越類似你們的國道省道的寬闊公路，按路標指示走進貫穿小鎮老區的窄街，是日正當中的七月緣故嗎？至此一個人都沒遇到，像被遺棄或該說、演員午休尚未上工的外景地，路面乾淨到讓人想赤腳走，兩側陽溝也嘩嘩嘩急流著山水像野澗似的。

是燕子育幼的季節，你們不時停下腳步仰臉看人家廊簷下黃泥燕巢露出的幾張大黃嘴。不久便有箭矢一般返巢的父母燕餵食牠們，父母燕因爲你們的佇立很不安，頻頻在你們頂上穿梭，語出恫嚇的疾叫著。

走吧。你們相互提醒，免得燕子父母擔驚受怕。

入山的街道更窄仄，始有些山產乾貨和佛具香燭店，因山頂有一座觀音寺，啊這你想起來「我來過這裡！」是夢中？還是四十年前學生時一個意外旅程中滿滿行程中的一站，「會有一個登山的木頭拱頂長廊，兩旁開滿牡丹花，那時專程來看花的，……雨季裡，打著傘。」或其實是一部電影中的片段畫面（雨後潤澤明淨的鬱綠和益顯嬌貴的粉色白色的牡丹花叢前亭立著一個美人兒），也或是被觀光指南、海報上的照片深植腦中？

你亟想證實自己的記憶，快步前往，沒多遠就得扶住欄杆停歇，因為心臟不允許，氣喘不允許，你反身等他，他緩步跟上，膝關節不好，吃維骨力好些年了，還沒正式登山，兩人已大汗淋漓，毛髮疏了，可以清楚感覺到汗珠在頭皮滑落，山坳中無風，綠和蟬噪匯成一層貼身不透氣的塑料雨衣似的，你敏感的認為嗅到了腋下的異味，也確實嗅到他身上大量汗水所淬聚的異味，都不迷人不好聞，你們兩人頃刻間給現了原形，不是五十八歲的男女人，不是人，是境內四處可見的石雕鼓腹狸貓之屬，那老公狸便氣喘吁吁的問你「是你大二那年來過的嗎？」

大二那年，你一名留學異國的老師要來開會，不知得了什麼名目補助，帶了你們四五個學生一道前往，老師只愛看花都不看古剎名寺的佛像國寶，你只記得一場一場的花事和濃濃會發痛的思念。

你記得那場分離後的再見面，兩人緊抱痛哭：「再也不要分開了。」

就是眼前這散發著陌生異味的人啊……

你們約好用深長規律的呼吸繼續登那仰之彌高的木造長廊，你開心的再再肯定著是了是了是來過這裡來過你指著梯兩旁梯田一樣的花圃植著一株一株花事過後修剪並根部堆著花肥的瘦小牡丹株。要到木階大轉折處的杉樹下才見藍紫色的紫陽花，也就是你們說的繡球花。

花事果然正盛，一球花就比你頭臉大，細看像無數停歇的小紫蝶組成。你破碎的召喚著記憶，他抽菸，古蹟長廊階唯有此處有販賣機、垃圾箱附菸灰盒、飲水器。

你俯身飲水器好好喝個夠，順便不顧臉上的妝粉防曬全都洗淨，你直起身擦拭著，見他那頭正望著你，卻神思縹緲狀，他漂流在時間大河的哪一段？四十年前你們緊緊相擁發誓再不要分開？他的子？女？妻子？昨夜的你？狂野的你們？你並沒問他。

你們繼續登廊，迎面下坡一對老人，大你們也許十年以上，小心翼翼拾級而下，看到你們，很開心的請你們幫他們拍一張合照。他接過相機撥弄著，示意他們略爲轉身以身後的紫陽花叢爲背景。便也同樣請那老先生爲你們拍合照，老先生動作慢，他便立你身後擁抱你，兩手環你胸下（你的胸尖立即厚顏的堅硬起來），頭貼你耳邊，你從一旁老太太臉上看出一個恍然大悟的微笑：「是偷情的男女啊……」

成功了。

你們拉著手，各自扶著扶欄緩緩爬坡，「怎麼了？」你奇怪他剛才動情的舉動，那是你們唯一一張親暱照吧，此行，此生。「好像走上去再回頭，會變成那樣一對老公公老婆婆……」他似自言自語的這麼說。

於是又像四十年前，沒朝山，沒拜神，只看了花，就反身下山，沒變成老公公老婆婆。

花了兩小時多，回到你們旅館所在的城市，儘管兩人皆昏睡著，倒都沒錯過轉車點。

你一心只想回旅館洗澡，放了滿浴缸的涼水，盥沐時習慣鎖門的你並沒閉緊門，他極有默契的隨後進來，擠進浴缸，在你身後緊緊環抱你，下身像四十年前一樣有意志的、硬硬的槓著你，你們都不說話，偷偷哭泣，像四十年前那次分別後的重逢。

你不懂為何有此絕望感傷的心情，好像假期結束，你們眞的得各自回到各自無味無趣規律漫長無止境的家庭，再難像這晚一樣共浴、各自想著心事、甚至不急做，你們裸身面對面側臥著，不開燈，任旅館窗外黃昏上燈的街燈市招廣告霓虹燈透窗落在身上，那身體因此顯得詭異和美麗，你們都處在發作但不急交合的狀態，他不時撫觸過你動情而飽滿的胸，你貓爪一樣搔抓他的胸腹，親吮廝磨他時而發作時而馴良的下身，不飢不渴，直至中夜，也不外出吃飯。

「不要走。」他從身後擁著你，你不讓他從你身體裡離開。剛結婚時，你常如此撒嬌，兩人好高興終可以如此安眠到天明，不必被旅舍女中、被同學、被父母所打斷（端看你們在哪兒，湊錢在旅舍休息、或同學友人的外宿處、或以爲父母不在家的家中臥室），他也想起相同的回憶嗎？在你體內再次發作，你好吃驚他作爲一個情人的如此在行，迷醉的問他：「要是這次眞的是別人，你會這樣嗎？」

他把你翻轉過身問你：「我還想問你呢？」你答不出，清楚感覺他下身在你體內膨脹如火棍，他撫著捏著你的臉，用看一個陌生人的眼神看你，你想躲開他的目光、他的手，左右擺頭，他卻下手愈緊，不失理智的按壓過你的咽喉、搓你的胸，用力翻攪你的內裡，你腦間冰冷下來，只感覺所有他到過之處都疼痛都驚恐，你屈起膝抵禦他，用力甩頭，他不再控制的全力壓上你身，捏定你的臉要你看他，他啞著嗓子說：「這不是你要的嗎！不是你要的嗎！」

你全力推開他的侵入，空氣中一股甜絲絲的血味兒，是你咬了他？戒指劃傷了他？還是他弄傷了你？原來所有引誘人偷情的最大基底是沒有下一刻沒有明天沒有未來甚至潛藏的是死亡和暴力，像螳螂像黑寡婦蜘蛛，交合與吃掉對方同時發生。可是你多怕會在這異國的旅館裡裸著身死掉，那聞訊飛奔而來的子女、丈夫，要多不解、傷心、難堪終生。

你起身找衣物，覺得此時此刻只有衣服能保護你，但你頭髮被從身後揪住，他撲身向你，有異物搗入你身體，他大聲冰冷的湊在你耳朵說：「所以你不玩了？」

你只覺兩隻手太少，不知該拉扯掙脫他、護胸、護下身，還是遮眼睛，你放聲哭起來：「我餓了。」

那異物緩緩抽離，原來是他的器官，而非刀械，但留下的痛楚是同樣的。

「所以你要回去了？」他聲音從身後傳來，像你不認識的人。

你抽抽答答的點頭。

「你說的抛家棄子呢？」他責難你？

「我要回去找×××，而且我流血了。」摸過疼痛處的手濕黏黏的有血味。×××是丈夫的名字，你希望能喚醒他。

「回去以後不見了？」他感覺到你的恐懼，醋勁大發。

你點頭。

「所以你選擇了×××？」這樣自然的連名帶姓叫出自己、丈夫的名字，眞眞成了一個陌生人了。

你赤裸裸坐在零亂的衣物、浴巾、床單堆中，不知如何收場。

但你只知道，倘若能活到天亮，儘管假期才一半，你將趁他熟睡，收拾衣物行李離去，如同那首溫柔甜蜜的歌詞——當我到達奧克拉荷馬時，他已入睡，他輕輕的翻個身，低聲叫我名字，他哭出來，這才想我眞的已離他遠去了，儘管我一次兩次三次試著這麼告訴他，他就是不相信，我會眞的走開——

你身後響起奇怪的聲響……

還是不喜歡這個發展和結局？那我們只好再回到「於是一對沒打算離婚，只因彼此互爲習慣（癮、惡習之類），感情薄淡如隔夜冷茶如冰塊化了的溫吞好酒如……的婚姻男女」處，找尋另一種可能吧。

原来「婚姻是墳墓」一点也不假、「殺死男友的兇案現場」、是男女分手的現場。一堆人見證、滿心歡喜的看著叫他一步步走向涅槃、这時她們的心中真正想的是什么呢？真心的祝福、还是存心的期待期待他和她們一樣親手殺死自己的老公、形式是期待他和她們一樣、成為那被殺死的人。

〈神隱I〉

不不不，才不要回到那一段，且把故事畫面回復並暫停在〈日記〉中，立在人湧中的橋上的那一刻，也就是你終於知道《東京物語》裡，並肩立在橋上的優雅的老先生老太太（還是類似你外公外婆同樣的黑白泛黃照片嗎？）在喟歎什麼了，「吃不動了，走不動了，做不動了。」

呀，這不該是一種從不曾有的自由的感覺嗎？貪嗔癡愛的肉身再也不能糾纏你如同腳繫鐵鍊巨石墜往五里之河，不再有永遠不饜足的飢餓和慾求、老舊快罷工的心臟、老治不好的各處濕疹和牙痛……

你將可如同那穿梭的燕子自在飛翔，你眼中爪下的世景將再也不同……，但如何你覺得這、不等同於死亡嗎？再不能吃，再不能肉體歡愛，再不能以百萬年來學會直立的祖宗們行走於地表的速度一眼一眼看周遭世界。

這就是死亡啊！你大慟如某些尋道終生的修行之人臨終悟道的悲欣交集，熱淚如傾。

難怪都要有子女、有後代，看他們替你使勁的吃，使勁的做，使勁得便彷彿你繼續的活，還在活，甚至如新來乍到才剛剛開始。

這其實早就開始了不是？兒子女兒一兩歲，你還抱得動他們時，不就最喜歡這種冶遊，你偷借他們除了語言表達不力、其他官能都比你新比你銳利毫無潮鏽的官能重新認識世界。你抱著一架珍貴精密的偵測儀器似的問他「那隻狗狗是什麼顏色？」儀器回答「跟公公頭髮一樣，白色的。」你暗暗吃驚儀器自動分析歸納整理檢索的高性能，知道「白色」不是指形狀、質料，或一頭四腳獸。你問儀器「前面來的人是叔叔還是阿姨？」儀器毫不遲疑「是個叔叔。」好奇問他為什麼，他答「因為沒有媽咪的薩勃ㄋㄡㄋㄡ。」戳戳你的胸懷，關鍵字是儀器自己的編碼，至今未明。

他尚且在同樣的橋上回答過你的求問「那些鳥兒哪隻是把拔鳥哪隻是馬麻鳥？」你指指河灘處佇立的鳥群。儀器認眞凝視，你從側面看它嚴肅的面容、眼瞳，也不禁歛容，儀器胖手指指給你看「那是把拔鳥兒，馬麻鳥兒，葛格鳥兒，笛鳥，梅鳥，貝比鳥兒……」儀器求一奉十。

因體型大小分出長幼不難，不知為何他就知道有冠羽的是雄性、樸素無彩的是雌的？

儀器在手，你眼前的街景、圖像再不相同。你甚且貪心的想趁他們也許未忘記前生事的突襲儀器「為什麼來做我們的小孩？」儀器回答：「本來我在天上飛，後來看到這個把拔和馬麻很好，就來找你們了啊。」

你不敢貪多再問，覺得偷窺了天機，你只好奇，在天上飛翔那會兒是神祇是鷹鷲或蝴蝶之屬？

也因爲這樣，你不能相信他們在今生之前是不存在於大化的（不論以哪一種形貌，蝴蝶、神祇、某朝代的人），因此你確信有前世，那，自然也就有來世了，你從兒女的存在，始生有一種隱隱的宗教感。

你趴伏在橋欄上，努力不被擦身而過的洶湧行人彷彿有力的激流颳捲而去。你與人群不同方向，面對著平闊河面直去的灰紫色遠山，任浮想翻飛。

但，正俯身在拍攝橋拱下穿梭燕子的那人，那與你一起生兒育女共走了四十年的人，是得到自由的那國，還是覺得已束手就死的？還是和你一樣，掙扎在這陰陽邊界的？

你悲憫的看著那人聲雜嘈中的背影，背影直起身，手按著腰，回頭問你「可以了？」其實並聽不見他聲音，但你遙遙這廂得訊了，靜靜的點點頭，可以了，知道答案了。

你們一前一後被人流簇擁著，離了橋，不得不順著人流捱著商店街走。你們不急會合，多年默契知道萬一走散了，就揀遇到的第一間咖啡店會合。如此你不得不在看飾品小物時，他前頭在看攝影器材店，等你越過他看藥妝店、服裝店、香氛保養時，他又前行在一家便利商店翻雜誌了。

其實沒一家店是你想逛的。好些年了，全是壞品味，染色的羽毛、動物皮毛紋的圖樣、螢光亮片假水晶亂閃一通，連你過往愛逛也一定會買到東西的香氛店，也約好似的全流行甜的、紅的、濃烈的熱帶水果風，瀰漫著假假的、叫人要窒息的人工香料味兒。

連那生活雜貨鋪也不再是你曾喜歡的一種生活想像了，例如陽光的大窗、鋪了乾淨棉麻檯布的橡木桌上一蓬庭院裡剛摘剪來的雛菊插在奶白色的厚重陶器或細緻古典圖樣的英國瓷鉢中……，替換成各式各樣刑具般的讓人瘦臉、小尻、提胸、緊大腿、修小腿，甚至照顧到每一個別腳趾的保養械具，你不明白人爲什麼可以如此無所事事公然愛自己到這種返祖的地步。店裡，櫃前擠著在鏡前掏著、轉著試用品在手背推抹、朝眼皮刷著、往嘴唇按點著的靈長類年輕母獸的臉，她們齊齊發著一股宜於交配育後的費洛蒙氣味。（若丈夫身畔是這樣的雌性靈長類，會不會有不同的反應和作爲？）

跨出店後，你立即繼續被推擠前行，行過小型電動遊樂場，見他背影正看人在打大鼓機，腰板板的，應該是專注得口微張著、像個陪孫子玩的慈祥爺爺吧，你無法佇停，只得從人流閃身進一印度店，曾經，讓你大半生都從不曾失望的那文明的色澤、造型（也就是你每次進店總可以滿載而歸的），如今不淨觀似的完全暴露出它數千年來想盡辦法對抗解決的炎熱、匱乏、生老病死之不得力；五色絲繩繫懸著的小串銅鈴（掛在紗門上很快便風吹日曬失了顏色、銅鏽也蒙拙了鈴響）、印著大象蔓藤的棉布床單如何都洗不去已分不清是染料還是已深入纖維的汗水體液霉斑味兒、那烙印著神話故事場景的羊皮揹袋被你供在衣櫥一角比你肌膚皺紋還多還脆薄還滄桑，還有那曾讓人如夢似幻的繁華紗麗什麼時候 Polyester 替代了棉或絲，散發著因不透氣而燠濡出咖哩味兒的汗水體臭……

你逃離蜘蛛網纏繞的洞窟出店，那人正像恆河上的蓮花漂過，在你一公尺前，你們之間卻塞擠了五六人，毛髮繁盛都是兒子女兒年紀。事實上，這條數十萬人的人河中有一半以上都是這年紀吧，換句話說，不過三十年前，這一半人，是不在這現世的，他們沒看過你看過的世景，你們一代人喜歡的、憧憬的、困惑的、畏懼的、享樂的、受苦的……，這一半人，是無由得知的……，天啊，你暗暗的驚訝，這是多大的斷裂啊，已巨大到不發生爭吵、打架、甚至打仗才有鬼呢。

原來是這樣，不再留戀現世的東西，不再瞭解和喜歡現世的人（包括兒女），其實都在預作準備，預作前往彼岸世界的準備。

（死神敲敲你的門）

半小時後，你果然在遇到的第一間咖啡館看到他，他居然有個臨窗位子（因店裡人山人海），桌前一杯冰咖啡，眼神愣怔著，你敲敲他眼前的窗玻璃，他聚焦了幾秒，才發現你，立即起身，指指空下的座位，要你進去坐的意思。

那是你們的老習慣，總是他照規矩排隊，買電影票、買車票、買水煎包、等進場，你總不願多費一分鐘枯等，總叫他「佔一下位置」，然後你頻頻離開，四處閑逛遛達，買點零嘴吃食的，總是總是，時間掐得精準，快輪到他進場了，你才回來。年輕時，他會彷彿失而復得的將你一把攏在腋下，拂拂你頭，後來，一臉焦躁怨怪「不明白這是什麼怪習慣！」卻也沒放過你一次鴿子，總是他在那兒，你去去來來出出入入，頻頻告退，是否，他也曾覺得某次離席中，你也被替換過，如此熟悉，又如此不再是，剛剛，他不半天才認出你？

你們隔窗熱烈的比著手語，他總算弄懂，把桌上的咖啡端去櫃台換裝成外帶紙杯，擠出店來遞給你。那眞是不智的決定，立即你們被手中的咖啡給人潮擠得濺了一身，「幹嘛不在店裡喝，有位子好不容易。」「想去小王子。」是一家城市邊緣的咖啡館，不在祭典動線上，一定少人。

人太多了，你們精疲力竭跋涉到街道另端封鎖線之外，你們在路邊招計程車（因爲走不動了），反身看封鎖線內擠爆的人群，你告訴他「這些人，有一半，原來是沒有的。」你比了個大大的手勢，是你這一天以來的想法，若以你們青春或盛年爲座標原點，確實，眼前世界的一半人口，是不在的，是不該存在的。

因此得出一個奇怪的邏輯，要是能移除掉這一半人，便可以回到以你們爲座標中心的那個時空，是這樣嗎？那些妄想用屠殺、用毒氣、用戰爭移除人的狂人們，所想的，也許是同樣一件簡單事吧。

你欲前往的那咖啡館在一水圳旁的住宅區，是多年前你們賞花時歇腳闖入的。不大的店裡，照眼就知顧客是附近的居民，你們像擅入人家家似的。這人家布置精緻有心，主人喜歡的元素有二，聖修伯里小王子（各種版本、瓷偶、餐具、桌布、廁所裡的衛浴擺設……），另是披頭四，暗暗的音樂（例如這刻正是〈Jelous Guy〉間奏的口哨聲）。

第一次來的時候，正迷披頭四的女兒，興奮的把店裡書架上的幾本攝影集搬到桌上，一邊翻一邊講給你們聽，是哪次哪次巡迴演唱，那回披露的是哪一張專輯。你和丈夫小披頭四近十歲（也該是被僅存的披頭二大手一揮塗銷掉的人吧），加上訊息不充足的年代，你們只追上風潮尾巴，聽過的，記得的，愛的就那麼幾首，不同於女兒的時代，一愛上，就搜全所有專輯，網上與倖存的發燒友成天交換資訊心得（例如人人都到倫敦艾比路拍一張穿越斑馬線的照片）。

老闆娘，你後來才知道她是老闆娘，尋常住宅區午后會出現遛狗的家庭主婦歐巴桑，爲你們端上咖啡時與女兒搭訕，隨即兩人找到知音的停不下來，歐巴桑說得亮起眼睛（啊，原來也曾是個野女孩），說四十年前曾經擠過現場的演唱會，說的彷彿昨晚的事。那一刻，她拘謹守禮的服務業守則全拋光了，唇邊皺紋不見，眼皮不再塌鬆，頭髮也蔓生成濃黑似海妖，像電腦3D的修改或重建人型般的，原來，原來她們在這裡，曾經你隨女兒看他們的紀錄片，那些片斷黑白新聞片（不知爲何常插入阿波羅×號升空或登月成功的畫面）中尖叫迷醉暈厥的女孩兒們的臉，你一直好奇她們後來都哪兒去了，無法想像她們會安於室、安於年齡增長、安於老去。她們簡直的不在後來的時空了（可能搭乘阿波羅×號離開這星球了）。

原來她們還一直在著，原來可能是辦公室裡那個你從未多看一眼等退休的女職員、銀行櫃台後坐辦公桌戴老花鏡的襄理、商店裡不斷強迫症般摺疊被顧客翻弄過的衣服的店員，還有傍晚挽著個小購物袋去巷口買些收攤前便宜賣的熟食當晚餐、眼前這名標準的歐巴桑，她們什麼時候都被偷偷換過了。

你只例外一回在巴士上匆匆那麼一瞥過，一名妝容齊整、繫條名牌圖格圍裙牽一頭小柴犬的歐巴桑，杵在公園口的路邊樹下快速猛烈的大口吸一支菸，那持菸的熟稔相、那目光片刻飄遠全不顧腳邊哼哼哭鬧的小狗的神色，暴露過一絲絲天機、一絲絲她前生的事：呼過麻、瘋狂愛欲過，全不是子輩、現在的丈夫或伴侶、現在的同事鄰人可想像的……，如同你，你們已經被定格，成了一幀泛黃的照片，掛在屋子之一隅，盈盈笑著，但沒有故事，無人探究。

但，這有什麼好奇怪的呢，並不太久以前（呃，其實有四十年前了吧），你和男友（丈夫前世）坐在末班公車上難分難捨，你們已經你送我回家我送你回家來回搭乘了好幾趟公車了，無法分離，你們戀戀不捨再再摩拭過對方全身，爲要把他眼睛牢牢刻在腦皮層裡，把你的胸懷按壓進他的胸膛，把對方的體液溶入進自己的腺體中，就彷彿電影裡明朝要上戰場不知能否活著歸來的男女。

是你們親吻有聲或散發的強烈費洛蒙嗎？空空的車內僅遠遠坐在近車

門口的一對年紀似你們現在的男女回首看你們一眼，晦暗的車內你都看得出那混合著多種的意思，厭憎、鄙夷、禁制、恐嚇「再弄就打一頓喔。」……還有，有豔羨……，他們究竟羨慕你們什麼而他們沒有且不可得的呢？（你們錢包、勇氣空空，連去最廉價的小旅社也不能）是羨慕你們的迷醉激情、隨時可交合的狀態嗎？算了那才是你們羨慕的呢，羨慕他們可以天天夜裡同睡一張床上，不會有任何人驚擾制止，愛做多久就多久（那時你尚以爲，天下所有的夫妻都是天天做，做到天亮，只奇怪那要什麼時間用來睡眠休養？），是你滿腦子最想的事，如何他們、與你父母同樣年紀、或年輕些、或看起來明明大不了如今的你們幾歲的男女，如此疲憊的、如此冷淡、如此公共場合目光不交集、絕緣體似的再無電光如同你們現在，是，怎麼啦？

是生命、生物必然經歷的成長、銷磨、衰亡嗎？或是性別的差異？男人與女人。

〈男人與女人Ⅰ〉

都說現下靈長目人科人屬人種的行爲模式都在更早更長的新石器時代養成的，而今你們所思所行無非延續、甚至重複那些你們簡直看不上眼、文明智慧未鑿的先祖們。

這你願意作證。

有一年，你們曾必須在異國的一個近乎航空城的新機場等待轉機五六小時。辦妥手續，你們相約起飛前半小時在登機門入口處見，你並建議他，依眼前指示，可上二樓的餐飲街找家咖啡店坐，或再吃一頓異國美食，上機就不用吃機上餐了。

那新機場有三四個購物中心加起來的大，地底有機場內部的輕軌電車接駁，但對你而言半點不成問題，你都不看指示路標，不虞迷失，方向感不知不覺以你們分手的CHANEL前爲起始點，它位於輻射狀的街道之中心，左側是中央大道狀，道末是有如小型超市、滿溢著該國名產點心的賣店，穿越過它，是小型書店，沿店往中心回溯先是COACH，幫女兒挑一個當季的五色絲質包，斜對門的Cartier櫥窗看一眼買不起的豹形綠寶石眼鑽戒，隔壁的HERMES，發洩購買慾的買一條橘色Cashmere圍巾，如此不僅不怕冬天甚至期待它。心虛的舉目四望有有萬寶龍店，買一支新上市的冰藍原珠筆給他，平衡一下。

採集的路上，全沒碰到丈夫，你原希望能碰到他，讓他接手你的戰利品，手上空空又可繼續。

登機時間到，遠遠登機口空落落的座位，你便看到連丈夫在內的三五名男人，丈夫手邊一落雜誌報紙，神色被禁菸弄得煩躁疲倦。你問他吃了什麼去了哪兒，他說分手後便依方向指示直奔這裡，因覺得太大不好找。

這你恍然大悟，儘管大廳外是飽足的天光，各國旗幟圖騰的飛航機來來去去起起降降港口一樣，但不見太陽位置，難察影子，不知東南西北，你也從不辨東南西北，你們，女人們，根本從來不藉此辨方位，因為你們不須離洞太遠，你們經過洞側圈養小雞小羊的柵欄圈（CHANEL），右手邊前行不遠即一叢布里提灌木群，你採摘著新熟的漿果（GODIVA），將多汁的果子收好在你的瓜瓢或大葉子中（COACH包或GUCCI包啦），前行數年前被雷劈死的老樹空幹裡覓得幾粒蜘蛛蛋，是寶寶愛吃的（Häagen-Dazs），濕汪汪的沼澤畔，你拔取數莖翠生生的水草，邊注目那漂萍下的小魚影子，靈動可愛，你沒要抓它，並非事事物物都要捕取的。

下午雷陣雨前，你得趕回去，胸乳隱隱脹痛，寶寶醒了要賴你胸懷。你加快腳步，繞點路，那是尚無人發現的小樹叢，你在同一個鳥巢裡摸到兩枚蛋，和一支超美的羽翼。（是怎麼了？發生了什麼事？如何倖存幾支缺它不行的翼羽？）你只費了來時的十分之一時間回洞，匆匆腳步驚動腳畔逃竄但不妨事的小蛇、小鼠、小獴……

洞窟裡，另一名女伴正奶著你的寶寶，其他能下地亂跑的寶寶們正尖叫玩樂著誰拉進洞裡未長角的小羊。

你們的男人月滿時出遠門了，如今過了下弦月，是凸月時期，不知這回會打什麼回來，因爲你們已經吃了好一陣的布里提果子和蜥蜴蛋和一隻等不及牠下蛋的雞。男人們牢牢依日出日落影子方位這回往南走，因爲據他們說這時節那裡的一長帶水澤是兩角肉獸生養的時刻，兩角獸的捕獵並非沒危險，常會造成死傷，但成功時，總能提供好幾個滿月的食物和冬天保暖的遮墊。

你好奇男人們晚間聚攏火堆時都做啥麼？無女人可滋潤，無寶寶須懷抱，無小羊小雞小動物須保護，無曬濕守乾的瑣碎工作，無捶樹皮鞣獸皮可消磨……，要做什麼？

你的男人告訴你，他們聊上一回上上回甚至父祖輩的狩獵，其精采、其驚險至誰誰喪命、其奇技（就是聊運動、當兵啦）可以直聊到月亮中天，遠處有狼嚎；他們談明日即將到來的那場獵事的分工（公司業務會議），他們談萬一獵物打到一隻、兩隻或空手的分配（政治），他們不談女人，不談身體深處慾望的陣陣召喚（感情嗎？），不談自身的暗傷或衰頹，原來男人彼此不談私事家庭，並非自尊，而是資料匱乏，因他們根本不知道他們不在場的時候女人小孩們在幹什麼。

（唉，原來新石器時代的男人，就已經是日本男人了。）

路途中，他們寧願捱餓也不採集，乖乖嚴守著太陽造成的影子執念的走，唯恐因這買買巧克力那買個香奈兒包而偏離甚至迷失了方向，再回不到洞窟了。原來男人不逛街、不購物，是害怕像那聽了女妖歌聲因此回不了家的人，因此有那會猶豫的、會忍不住佇足嚮往一隻高旋的鷹、會低頭注目一丘蟻族、會想揀拾一塊天空藍的美麗石頭給他女人的……，就慘了，不是落單失群，就是迷途不知所終。

但那些可是你們女人天天做的事，你把美麗的鳥翼羽和藍色的石頭串進一莖你鞣韌了千百次、充分滲透你的體熱氣息的皮繩，將之戴在頸項，那鳥羽偶爾挲拂過你胸尖，令你微微笑起；你整理著羊毛，告訴一起做活的女伴你看到的那隻鷹、那群蟻，你們的話總也聊不完，與時俱進，既重複又不重複，寶寶長牙，誰大肚子了，誰的女兒初潮，誰停經，誰吃得少少因此一定病了，誰的男人從蜥蜴從馬陸學來的交歡姿勢易於懷孕，也令人心蕩神馳良久良久。

日復一日這些全都發生在彼此眼下，無須也無法逃遁藏私，你們一起看著小孩小羊小雞長大，因此不須沒腦傷和氣的爭奪，因爲是源源不斷可預期的；你們一起照養彼此寶寶，你們一起織成一塊毯子，你們一起捏製土盤土碗，一起採擷布里提果子釀造並等待成酒，冬日無法出洞的日子，可予悶得發狂如掉進陷阱困獸般的男人共飲。

無法出洞打獵時的男人，仍然談著離家在外時的話題，某次狩獵（唉，還是NBA和當兵），某次分配不公留下的憤懣（還是政治）……，他們不大知道小孩怎麼長大的，不知女人在幹嘛，不知他的女人停經了，老去了……，知道的、猶豫的、戀戀不捨的、傷感的、娘砲的，早在途中，各種途中，被淘汰啦。

所以四時、太陽太重要了，關乎男人的存活大事；每日的晴雨和變化太多的月亮，比較被女人需要，因爲女人身體內的血脈泉湧漲潮退潮且與那月亮的鼓脹和萎縮幾乎合拍，月滿時空氣中會散發出隱晦難察的習習微風，你便好希望你的男人在你身畔，若他們不在，這時四下是對著火光發怔的女人、摳著岩壁砂粉吃的女人、或外出遊蕩亂採擷、不管沒紅的生綠硬果子豆子也摘了胡亂吞食（如此死過好幾個女人哪），乃至你們之中最美的那人曾立在月下像遠處的狼那樣嚎起來。

但其實你們比男人更在意太陽，你們總與潮水般的鳥鳴和零星的這個那個寶寶的啼哭以及又出現了的太陽一起醒覺，影子一寸寸的移動是你們的作息表，例如影子最短與人合一時，你們忙把那乾得還不夠和最濕的東西拿出去曝曬，等你不須手搭涼篷便可望向遠處時，你們可以把寶寶們放出玩耍，只消二三名最耳聰目明的守一旁，以便提防天上的鷹和灌木叢後湧動的夜行獸。待天起涼風、日影飛去，你們、哪怕是矮墩墩的寶寶的身影也長長的拉到天邊時，便記掛著影子指向那頭的男人們可平安、可有斬獲？

日影一日日朝雷劈木偏去，旱季就要來了，布里提果子將放緩速度生長，萬物皆預先脫水乾癟以度日，連那蜘蛛也遲遲不產卵了，寶寶無法只靠委頓無力的胸乳過日，你們將忍痛殺小雞小羊。殺小雞小羊的日子，氣氛便不免沉鬱，有那平日負責照料牠們的（七千八百四十五年後，人稱飼養員），就走到遠遠處，日落後才回。

女人對生、老、病、死是複雜糾結的，不像男人好簡單，只有獵捕殺戮成功與否的歡快或沮喪和同伴死傷的失落，只有分配獵物時零和的張力。他們不懂烹飪，不知日月的細緻，不懂算計，不懂其他生命的出生成長病老，不懂與同伴表達訴說交流自己的感覺感情，不懂感情。

然而感情，如何的無用之物啊，摸清你的女人至為隱晦難察的排卵期、到可以交配、到成功確保此期間就你一人與之交配、到她大肚子，你都心甘情願獵捕餵食她和腹中你的後代，待她產下你的後代，你得更辛勤的獵捕餵食，餵活那為何如此早產、不能像小羊小牛落地就可站立走動的你後代，因此得確認它可存活可隨大人行動，夠了，四年正好，可以了，你好想把種子灑向其他沃土喔。

如此，感情，或說與這女人的糾葛，是無用之物，是阻礙、是危險，終其一生，即便不離去，將之冷卻、淡化、消褪，終至無形，是必要的。

所以男人們好羨慕大多數的其他動物，不消行一夫一妻，不須在育種年齡之外之後，還得回應母獸的感情，他眞想能像一頭過了交配育種期的退休獅子，擇曠野一角落默默老去，嘿，別吵我。

〈別吵我〉

原來答案如此簡單。

即便你們坐在熟悉溫馨的小咖啡店裡，不大不小流淌的是披頭四的〈And I Love You〉，是他們少見的寧靜不駭的歌。歌聲自然招來記憶，你們共度的歷史太長，你不知要提哪一段，不過你並未開口，眼前那人如在曠野那般，遭風吹日曬不動的已成岩巖。

當然你也看過那仍依戀女人的，再要比你們現在老個十歲、職場退休了幾年的老公獅，錯覺老母獅是媽媽，跟前跟後揪著她裙角唯恐走失，吃東西要媽媽照顧，出了廁所要媽媽看過（通常是褲拉鍊忘了拉好）才放心，媽媽是與這世界的唯一連繫了，臍帶一樣，所以有那眠夢中仍緊緊抱著母獸的，是幼仔的索乳而非任何一絲情慾了。

你的男人也曾萬分戀慕你，入睡迷濛際，總把你的腿撈來橫過他身軀那樣的睡，沉睡中，怕你逃跑似的握牢著你的腳踝，他說你的腳踝令他想起曾窺伺埋伏過的一隻鹿的身姿，那富含著可踢死人的力量而又如此纖巧精緻愛嬌。

唉，說到哪裡去了。

或許，該靜靜的讓他老，別吵他，不僅別吵他，該學學他，因為你太貪心了，這你也才懂得公車上的老夫婦，他們，老去的你們，口袋滿滿回憶滿滿，要做什麼皆合法合體制合道德，唯缺愛情和慾望，啊，與十七八歲的你們多麼多麼相反，你們兩代人既羨慕也憎惡對方有而自己沒有的，你們簡直不知他們在憂煩什麼，因那憂煩對自己完全不是問題，例如現下的你們有閑錢、有假期、飛到異國城市住所費不貲的旅館、不須考慮盤算的愛吃哪家餐館哪家咖啡皆可，就如眼前，但你們只能如兩尊岩像的不交集。

你不願相信並接受人生就這樣進入石化期，一種與死亡無差的狀態。

你曾有機會直接問他「難道我們就這樣過到老？」這樣的意思是有半年未有任何的身體接觸，那人說「你不覺得這樣很自由？留一些給他們吧。」他們指的想必是兒子女兒以及他們那一代了。你們是拘謹的中產階級異性戀，如此的問答是教養之極致了，老公獅可能確也說出了他當下的肺腑之言。

但你依舊不願就此相信，你們雖日益衰頹，但身體健康暫無病痛，你不免猜想，是那頭年輕的母獅尚未出現？若那頭正確的母獅出現，他肯定不自量力的傾自己餘生最後一滴精力追逐，這，在你們周邊的同代友人身上，並不鮮見。

你只好奇，那年輕的母獅，將是一個與你相同或，完全不同的人。

這你也見多了，某幾名友人的風流老公、終其一生你目睹或知道一個換過一個的韻事對象、幾乎與他老婆同一長相，這令你不解透了，爲何再再冒著家破人亡的風險、如此辛苦耗神追求的不是嘗新，而是一再重複溫故？是身體內一幽微深處的不得饜足？例如幼時偷窺沐浴的一鄰家姊姊？一曾經在微風的午後陪你做功課的早逝的堂姊？一部黑白老電影中那美絕的女星所扮的鬼狐最終消失在大雪紛飛中的一個情色邊緣的神情身姿？……所以終其一生，定要把它捕捉凝固住，不准消逝銷融。

行將暮年，你才強烈好奇，若有機會，丈夫會是哪一邊的，是找一個比較沒鬆解腐壞的你（原來，你在什麼時候也被替換掉啦），或還是一個與你完全不同的人（因早已受夠了你）？這在過往並非沒機會知道，但總是在還沒半點進展可能時，就被攔阻了、被消滅於無形，總是總是、哪怕一張丈夫公司旅遊或會議結束的例行合照，相片中幾十個呆板無差異的人臉中，你輕易便可辨識出那個不尋常的女孩，難以歸納出高矮胖瘦長短髮類型，毋寧是一種氣質氛圍，野野的又挺有教養，不彩妝雕飾卻滿美的，聰明卻又傻乎乎的，最不容易的，有一對纖巧似鹿會叫他眠夢時也牢握不放的腳踝，卻又同時是圓鼓鼓的胸，讓他暮年公獅尚可戀慕……，你總在他都尚未自覺時，就想法得知那女孩不甚光彩的私事，誇張十倍聊天時不經意告訴丈夫，丈夫沉吟不語，嚇到了嗎？又或與她結爲好友，近身看管，你簡直像一名史上最厲害的后妃，不著痕跡的清盡君側，終至現在。而今你想找一名能歌善舞的小歌妓（篤姬那種，可不是章子怡），妄想讓大王從此不早朝（那人，像你父親暮年一樣的睡得好少，天亮即起，儘管歛手歛腳怕吵到屋內人，但那不時的單聲咳像衛星定位系統，透露他的腳蹤：餵餵陽台的鳥、弄弄盆栽、而後下樓取報、待安靜了、一縷茶香、間雜翻報聲……，是父親嗎？另一隻默默老去的老公獅）。

〈神隱Ⅱ〉

都怪你們對待子女的關係太過正常，一點都不變態，例如丈夫從未把女兒當作你年輕時那樣愛，你對待兒子，也從未寄託任何的浮想，這，並非自始至終皆如此，曾經你三十幾歲、兒子四歲時，你可把他當作那可以救你脫離單調無趣重複生活的白馬王子呢。你們常玩一遊戲，夜間飛機降落時，總挑窗邊坐的你們，你指著窗外美如散落在天鵝絨上的寶石的燈火、急切起語氣對兒子說「我要那顆、紅色的那顆。」四歲的兒子當場振作凝神、眞的找尋起千萬顆閃爍中你要求的那一顆，往空一抓，鄭重的交給你，你故意貪心，唯恐錯過的說還有還有那顆那顆、最大最亮的，兒子被你語氣影響，好緊張的仔細端詳，回過頭來問你「是藍色那顆旁邊的嗎？」你淚水盈眶，點頭，他快手快腳出手便抓到，小心翼翼捧給你，你合手接過來，鄭重的道謝「謝謝你，謝謝你。」你按著胸口，發誓要記得此刻，一輩子不忘記。

原是你打發飛機降落時的恐懼的遊戲，成了再再的海誓山盟。

但那個與你海誓山盟無數次的兒子，如今也早被替換成一陌生男子，是的是替換，因爲你們須臾未分開過，漸層的變化你並未錯過，如何今日如此陌生？你鮮有機會看到他，他早不與你們同作息，三餐皆在巷口的便利商店解決，他衣物不許你碰，待積累成一大袋再揹去洗衣店，他拖著漫長的求學生涯（延畢、研究所、博士班）以避開就業，他成天閉房門不出，電腦桌前修行一般坐破過好幾把椅子，無非線上遊戲或聊天或遊蕩或偶爾做些與學業有關的。週末晚上，你會將生活費零用錢從門底像獄卒送牢飯一般送進，他唯一出門時是搭高鐵去台中女友家幫忙修電腦……

他絕非世上唯一這樣過活的，這世界嘗試用各種修詞來形容他們，宅男、啃老族、植物男……，你學會在他現身的時刻不說話，忍住說那發自肺腑千篇一律的「想吃什麼？」或「早點睡吧。」因爲他謅渣渣殺人犯似的望你一眼。你從未變態的去揣想兒子（丈夫少年時？）與他女友的相處，也許並不出你意料的是無性關係，都說他們這一代男生第一次性經驗的觸摸女體都是透過滑鼠，對方無非是女友、網交對象、當時點擊率最高的AV女優。

他們拙於生物的所有技能，不知如何吃未切理過的水果，不會開爐火，不會打開不是易開罐的瓶罐，不會網上交易之外的銀行郵局與眞人行員面對辦事……，想必，他們也不懂得交合之事，你便目睹過咖啡館裡一對年輕男女並肩坐著看筆電螢幕上的A片，兩人卻連手也不牽，眼也不互望，若那時從他們身體裡悄悄伸出鋼管接榫、注射器、連結插座……藉之完成交合，你一點也不覺得奇怪。

他們甚至不大會說話、表達己意，因爲語速太慢，遠遠慢過他們在各種網上討論區的搶著語不驚人死不休的敲鍵速；他們也不相信喉嚨發生的震動藉空氣傳達入對方耳朵這方式，他們都用像觸鬚像聲納的手機交換傳遞訊息，儘管那訊息內容與千萬年凡屬群居動物所傳的一模一樣：哪裡有個肥美獵物（某家299吃到飽的餐廳其冰淇淋竟然是Häagen-Dazs、某家電腦配備升級免費……），哪裡有個幻美對象（某樂團的年度夏日演唱會、某代言線上遊戲的超級show girl週日cos-play登場……），哪裡有敵人（嗯，崇拜偶像的緋聞對象、某個搞不清什麼政黨總之嘴很賤的政客……）。

……

唉，這些看不上眼下一代的抱怨何其熟悉，並不太久以前（啊其實四十年前吧），你們常聽君父輩們抱怨，他們以生命以青春以自由爲代價換來的，竟只是沒有價值信念，因此也沒有努力奮鬥的你們這下一代。當時你何其不平，差不多點吧！若他們的努力打仗換來的是你們這一代仍要打仗、貧窮、掙扎，那幹嘛！你才不領情咧！

同理，你們努力（或沒那麼努力），應該無非是要替他們掙個可以發發呆、啥事不做、享樂、或頹廢的空間吧，畢竟，那也是自由構成的一部分，自由的選擇，可沒說一定要選擇上進、有精神、溫暖、當志工、以天下爲己任（扶老婆婆過街、幫你去郵局寄快捷……，單子太長了）。

這樣再一代，會絕種吧。

男人不打獵，女人猛採集。

你女兒，就成日攜著上好的芋葉包包，從不空手而回，她在她學校的周邊小店連鎖平價服裝店小飾品攤可買，進便利商店也同樣的興奮熱情絕不空手出來，願意隨你上街辦事時更伺機出手平日看準了但不捨得買的

（你付帳），她對你看中之物總挑剔不休（倒也打消掉不少衝動購物），一次終於開玩笑的語氣說「嘿，別亂花我的祖產。」

她與你餐廳共進一餐總周公三吐哺，頻頻離座去洗手間，你關心她是鬧肚子或減肥催吐，後才知她是去照半身大鏡子，內衣肩帶可露得恰恰好，睫毛還翹不翹並再補刷刷、劉海撇拆了沒、鼻頭毛孔怎麼看得到再抹點BB霜吧、嘴唇再補一層嘟唇蜜，哪管甜食飲料還沒上。

女兒也只要男友做一切偶像劇裡的瘋狂追求舉動：雨中鬼魂一樣立對門的路燈下；情人節超大把玫瑰花和巧克力；跨年訂好一張可看煙火全景的餐廳臨窗位子；大吵架後，抱隻半個人大的大布偶如小叮噹或Hello Kitty坐捷運走大街一路不怕人笑不怕人側目的來討她褒姒一笑。你也不擔心女兒懷孕，男友留宿過女兒房間幾次，半夜聽到他們爆笑聲，無須針孔窺探，是在共看一本漫畫和上Youtube看可愛的寵物短片，第二天，清出一堆飲料罐、洋芋片空袋和金莎巧克力糖紙（它們原是一束金色捧花）……

你清潔婦似的拎著垃圾袋立在女兒臥房門口，空氣中滿滿是鹽酥雞的味兒，沒有半絲費洛蒙。他們是知道太多，看得太多，還不及自己上場就食傷了。

絕種的，是你們這一代吧，你們彷彿獅虎或馬驢，有了後代，但至他們不復。

這你倒半點不想假裝擔心，屆時，蜂絕種後四年，人族滅絕，包括你子你女，不失好事一樁，是人族勉強對地球的贖罪吧。

你那曾經得窺天機的靈動兒女，如今你也不識、不喜歡了，你仍愛他們，但不喜歡他們了。（這，豈非也是爲了離世做準備？）

曾經，兒子面露不耐回答你的那顏色，你亟想抄起一件傢伙打殺了他，因爲眼前的人先已殺了並篡奪了那爲你摘星星並以雙手捧給你的四歲小男孩。

那替換的系統和方式如此精緻難察，你記得是他小六時吧，不再肯與你牽手，躲開你的手，那時他個子未抽長，聲音仍孩氣，臉顏光滑像嬰兒，如何他不再是之前的那孩子，天啊，你摀住口，哽咽難言，那孩子給綁到哪去了，如今安在，你竟沒有即時搜救他，你們早錯失了那黃金時間了。

「怎麼啦？」桌子那頭的老公獅爲你斟水、打斷你、叫醒你，口未開，但眼裡正問你。

「你會想他們嗎？」他們是那四歲五歲被人綁走的兒子女兒。

「怎麼會，才出來兩天。不要東想西想，他們餓不死。」確實你們出門前買了各式泡麵，像那不斷往巢裡已經好大的小鳥張著的大黃口忍不住塞東西的老燕子，因他們齊聲宣稱絕不會打開冰箱吃你預煮好的一袋袋食物。

你多想拋掉這一切，拋家棄子，回到〈偷情〉那玫瑰色的篇章，前往觀音寺賞紫陽花的電車上，告訴那男子「我喜歡你，不想放你走，不想假期結束，不想回去。」

而他，會用同等的熱情和戲劇性回應你嗎？

〈女人與男人I〉

女人可以工作（或日手不離實物）到最後一刻，無論新石器時代或現代醫療病房裡。

她早已老衰，但仍可聽音辨位照管外出採集的年輕女人們的仔仔或自己的孫輩、或小孤兒、或孤兒小羊孤兒小狗，她不需眼力便可做好洞窟內的工作，例如感覺到一股乾燥的熱風撲進洞，便摸索待曬的褥墊將之拖拉出洞，她舒泰的感覺著那陽光，歡喜那熱度多年來一絲絲不曾偷工減料，你希望它能曬化你石柱一般的雙腿，更好能解凍數日前也凝結爲石頭的腹腔，這石化自下而上，就快要到心臟了，你按著胸口，你見過各種動物的心臟，深知它們不再跳動後的意義。你依風聲和打在臉上的沙塵執意往布里提灌木叢走，你摸索到一兩顆屆成熟的果子，揣在皮袋中，你的手指也開始石化，得花較多的時間才能精微的感覺出蛛巢中的蜘蛛蛋，你最憐惜的小孤兒最愛這一味，這時風向有些改變，把你束攏好的髮全給披蓋在臉上，你站定，深呼吸，調整風向與你欲去處的關係，這天，你不自量力的想去那水澤，你曾撿拾過美麗鳥羽的地方，你希望能在日落前去回，因那日落會改變溫度、會亂了風向，那時會從遠方吹起長長涼涼的風，迷亂人心。

你以爲自己拔腿在跑，事實上那速度遠不及石化的快速，那時，鳥鳴和時間如潮水，（啊，腳業已石化）你倚在那雷劈木下成了石像，袋裡揣著布里提果子和蜘蛛蛋，手捏一莖美麗的鳥羽。

男人，從某次負傷不能再出獵，便靜靜擇一角落，混在幼兒堆裡大張黃口等待餵食。他不知哪個先發生的，他養不了後代，所以不再灑種，還是顛倒過來，總總他覺得再舒適安全不過。他也不再去偎近他的女人，哪怕只是靜靜的睡，因他怕那一點點的異樣氣息會引得年輕男人的注目甚至敵意，他混跡在孤兒圈或殘疾圈或羅漢圈，羅漢圈年紀輕但找不到配對或沒有生育能力，工蜂一樣的沉默。他也曾害怕黑裡摸索錯鋪位招來殺機，索性自願放逐門口小雞小狗小羊圈看守，那日子，好自由也有點好可怕（那遠遠灌木叢後紅色亮點的豺群壓抑著喉嚨的吞口水聲），你終可以不用狩獵和求偶的眼光看世界，日出日落、影子指引的方向不再重要，雨季旱季不發生意義，你羨慕著空中盤旋的鷹鷲之屬，亟想知道牠們眼下爪下的世界，你看著女人們進進出出藉以校定時間（她們往往比太陽還準時），那些破破爛爛披披掛掛的身影，你竟分辨不出那與你生了好幾個男仔女仔的女人了，有那之一也許是你女兒的年輕女人曾匆匆過來塞一塊暗藏的烈日曝曬成皮革般的肉乾予你，她不知你早已齒落吃不了啦，你將之用石塊砸成薄片，撕成絲縧狀，餵那孤兒小狗，你常懷孤兒小狗孤兒小羊睡，發作一生除了打獵攤分得的獵物回、從沒有過的父愛。

他們沒發現你齒落、沒發現你嗅不到、聽不到、排尿滴滴答答不再像過往可沖垮一丘蟻穴、沒發現有一日你爲了找尋一隻孤兒羊走進曠野去了……，多日後，有一名孤兒發誓說曾見你在不太遠的樹上，女人們依他所言前往找尋，果在一株雷劈木上發現一隻蹲踞的鷹。

〈男人與女人II〉

精確的說，是老男人與老女人——道德和法律都牢牢保障的一夫一妻異性戀婚姻狀態、退休中產不虞生活吃撐了的——某一尋常午后。

老女人不在家的午后（她們結伴陪彼此逛醫院看不礙事的小病痛、買健康食品、登附近山丘順道買有機蔬果、山裡泡溫泉城裡做Spa、練扇子舞肚皮舞佛朗明哥瑜伽、鼓起勇氣去雷射除斑打肉毒桿菌、逛各種畫展特展以補足國外旅遊時因購物而錯失的美術館博物館、也做點慈善如群聚誰家藉新買的義大利大烤爐做小餅乾贊助中輟生義賣或替獨居老人送中飯），她們呼嘯去某女友退休同事開的一家附餐飲的生機食品店吃聊一下午，你會知道，是因爲她總會帶回打包外帶食物當你的晚餐。

這一天，你激切等待她回來，因爲怎麼都找不到你立即要的、嗯、噢電池，起因是一隻超大的蚊，靜停在相框上好久啦，近乎挑釁的等你捕獵，電蚊拍的肚腹空空，依稀記得幾日前家中有人出門時望屋內喊「有誰要丟電池？」那是鮮少出洞卻恪守幾項環保守則的兒子要去巷口便利超商買便當飲料或遊戲卡兼丟回收瓶罐和電池，你把已呈微弱電力的捕蚊拍電池掏出給兒子……，如今，新電池收哪兒？你無助的環視屋中有櫃有抽屜有收納功能的傢俱，茫茫大海哪，你不願輕易開啓任一項，因上一次的行動，你試著再平常不過的模仿記憶中她的動作拉開一處頭頂高度的櫃門，幾包東西應聲砸落你頭上，幸虧只是、衛生棉，女兒的吧，不是罐頭重物。你阻擋土石流爆發的把它們塞回去，不敢再冒險，不如等她回來，反正蚊子還在，一時半會兒也沒要離去的樣子，你靜靜屋內行走，怕攪起的空氣會驚擾牠致飛去。

這是你們結婚第六七年自力買的房子，住了四分之一世紀，如今成了陌生之地，每一個櫃子想必都藏滿儲滿你無法逆料的東西，你沒有因此想藉機探險，因爲無力也不想承擔那些驚嚇，她的祕密、女兒的祕密、兒子的祕密……，你集中心力等待她，唯恐她進門之後的氣流和聲音和給你的餐包「哪，晚飯吃這個。」隨即描述那餐包之來歷、店名、風格、價錢、新鮮事兒……，唯恐會因此忘了你等待她的原因、電池，是了電池。

你都快忘了何時也曾如此焦躁的等待她回來，是一次她出國開會兼旅遊近一個月的返國嗎？那時你正盛年，白日好像正常人，夜間成了狼人，大量租回A片和色情漫畫，回到青少年，做她平日不喜歡你做的。終至她回來的那日，你快成了新石器時代人，不穿衣（奇怪那時兒子女兒哪去了？），渾身發燙，戰慄慄的等待屬於你的那隻母獸進門、交配。

你嘖嘖稱奇，像打量一個陌生人的看不過十來年前的自己。你現在等待她，大多等待一個餐包（你竟也成了她送飯給獨居老人之一人了！），而後就是習慣，一連串的習慣，習慣她有一下沒一下說外頭的事，習慣她將晚報遞給你，習慣她將門窗大開、讓傍晚必定會有的晚風進屋，習慣問一聲兒子今日出去買過便當沒，習慣問一聲女兒回來沒，習慣躺在沙發上、雙腳墊高、隨即昏倒似的沉睡不超過半小時，習慣被一兩通總是這時打來的她妹妹或嫂嫂電話吵醒（那鈴聲是你們年輕時喜歡的一首拉美情歌，只有這時，你心臟總會乍乍一裂），她們聊聊那日的股市或相約週末去趕個某精品特賣會（因妹妹尚未退休還得上班）……，晚風總攜進陽台的花木味兒，這天，是隱晦的西印度櫻桃不顯的花氣，你想，也許到生命最終的一日，也是這樣不變的習慣，習慣，你習慣了她，習慣她在，如果那叫感情，就感情吧，唉，跟年輕時以為、想像的眞不一樣。

她進門後一陣風樣的習慣，果然中斷了你想望她回來的理由，直至她進浴室，你想起來了，隔門問她家中電池收哪兒，她中止水聲回答「泡麵櫃。」泡麵櫃？你沒立即應聲，她想必知道你沒聽懂，再次大些音量重複一次「泡、麵、櫃」。

好了該知趣了，你回答她知瞭，隨即讓那餘音想辦法在腦中重播，沒錯，母音是「ㄠˋ ㄧㄢˋ」，好吧，泡麵櫃你倒知道在哪兒，是這樣的，好些年了，聽力、視力的衰退捉弄夠人了，起先，你們以笑話方式掩蓋它，好比便利超商的大熱狗看成大熊狗，因奇怪那是啥東東；好比某餐廳點菜，你驚見菜單上大剌剌條列梅花鹿肉，驚駭的手指菜單問侍者「這，是台灣產的嗎？（不是保育類動物嗎？）」侍者面無表情稱是，你質問侍者「這可以吃嗎？」侍者抬眼看你一眼，斷定你精神異常或奧客一名，答「我們師傅用照燒料理，是本店店長推薦的商業午餐。」你大爲駭異，畢竟拒點，當然，後來看清菜單（原爲打算向主管機關農委會檢舉），乃是梅花肉。

又隨意翻開報紙某版，全版盛開似海的櫻花林，林中依稀兩名漫步的人影，大標題爲「北海道一日遊」，你們好些年前去過，便溫故紙上漫遊，露天咖啡、夕陽、海、海港吃海鮮，唔、富基漁港（眞巧與你們國的同名）、鄧麗君墓園（怎麼他們著迷泰瑞莎鄧至此？）……，噢，北海一日遊。

後來這類看錯聽錯的笑話太多，漸也不好笑了，無法掩蓋老年、退化，只得假裝都看懂都聽懂了，儘管心中常納罕困惑。

這會兒你就心存困惑的打開泡麵櫃，掏出各種拆了沒拆的量販包裝泡麵、料理包、調味料、罐頭、早餐穀片、餅乾、果醬、即食穀粉、咖啡豆、茶葉罐、保健食品……，像超市的食品貨架，你幾乎肯定，電池不在這兒，所以，你聽錯了，因爲家中東西放哪兒，她絕不會記錯說錯的，於是眼下有兩條路可選，一再去敲門問一次，忍耐她語氣中必定會透著的不耐，二是，你選擇了二，志氣陡升，決定把整櫃子東西全部掏出，翻它個徹底。

黃昏時就已忘了上燈，這會兒更坐困愁城在如山囤糧中，片刻，忘其所以，不知要找什麼。

被雷聲閃電驚醒的吧，她將燈大開，作驚呼「幹嘛呀?!」

你訥訥仰視她、勉強回答「找電池。」

她像看一名病人那樣看你，放柔聲音「不是說了照、片、櫃嗎?」

她強忍百般波濤洶湧的情緒，你讀到其中有一絲絲是你害怕的「同情」。這一兩年，她變得很悍厲，不再遷就你、附和你，不再婉約含笑，不再在意的注視你，她也沒了氣味（又或許，是你老衰先失了嗅覺），她變成無性別的人了，與你一般——然而，她變了嗎?這你才知道，過往，是因為你的陽性、使得她陰性（當然也可顚倒），或許是你不再是陽性，如磁石失了磁力，她也還原成了無磁力的石塊，你們坐在車裡，走在路上，不再像前半生那樣手牽手牢牢依附，如今你們哪怕只是屋裡錯身而過，也縮身提氣怕像路人一樣不禮貌的碰觸到彼此，你們再不會像兩塊磁鐵牢牢吸附了。

〈男人與女人Ⅲ〉

仍是一個老男人與老女人的午后，以及午后的告白。

作爲曾排卵行經三十年的女人，你不願意相信這一切，僅僅全都只是生殖能力和機制的作怪。

曾經接受他，接受他進入你的世界、你的生命、你的身體，他所及之處，因此全變成玫瑰色，一種櫻花盛開在陽光下會齊齊匯聚成的渺茫迷離的杏仁香氣。

是因爲他的器官（眼睛啦），一秒鐘沒有的缺席，見證過你的瘋狂野女孩時代，見證過你圓潤卻無一絲贅肉的身體，見證過你的夢想傻話，見證過你年輕母獸吃醋的憤怒和淚水，見證過你的大膽無畏，見證過、這世上一半人不知道沒見過的你（如同一張相片，你穿著當時流行的幾何圖案短裙洋裝、皮繩纏繞小腿的平底涼鞋、濃髮中分披肩、兩枚迎風晃動的金圈耳環，雙眼明亮看得極遠、因那夢想彷彿一匹野馬般跑到天際、你得踮腳窮目力追索。）……

你的人生得以亮起來（女性主義那些自主論述暫時放假一天吧），若是沒有他的見證，你幾乎要懷疑，那短瞬的四十年五十年，只是一場黃昏低醣低血壓的沉酣嗎？

如今玫瑰色櫻花香散去，他鬆開眠夢中也牢牢握住你腳踝的手，說自己自由了，也放你自由。你對著灰茫茫的廣大天地不知所措，哪也不想去，你眞想問他，那你當初幹嘛惹我？

老男人，一生前所未有清醒的老男人如此回答並告白：抱歉年輕時我從不曾好好聽你講話，我假裝凝神聽你講你童年戀慕的一個男老師還是同學的哥哥（？），我滿腦子只想一把撈過你的腰，扳你的臉，親你的嘴，藉以深深探進你的心（先胸腔吧，日後再腹腔，精確的說，骨盆腔）。

你爲期好長一段公司內的人事鬥爭，孩子們入睡後你不再逞強的哭倒在我肩膀，我只想，最短的時間把你剝光光，那淚水比任何體液都催情，我多想立即被你強烈憤怒因此一定同樣灼燒痙攣的陰道包覆。

我多抱歉在你向我回憶青春年少的遙遠夢想時，把你按倒在異國賞紫陽花的觀音寺參道密杉林中，捏你的臉、壓你的喉頸，審視並著迷你那即將凋謝前一種從未有過的奇異的美。

我從未好好聽你說完過話，說你的夢想，說你的灰心，說你親人逝去的傷慟，說你對女兒兒子的期待或擔憂……，我但凡沒有摸你屁股一把的衝動，便滿腦子只想點一根菸，倒沙發上手握遙控器或陽台上探望哪一盆植物需要澆水了。

我真抱歉，總把浴後芳香潔淨的你弄得稀髒淋漓，我抱歉多年來我像一頭野獸那樣的對你，只想按倒你、騎你、叼你後頸、吞下你、重複盡所有雄性動物的求偶動作。

……

於是老女人問：所以你是不行了，還是不要了？

老男人：這、有差別嗎？

老女人：當然有，不行了，我可以接受。不想要了，我會很傷心。

老男人：老實說，我也不清楚。但讓你傷心，是我不願意的。（潛台詞是：妳們怎又想反了，不行了，不見得對別的女人沒興趣好奇，不想了，才是對所有女人的心如止水、六根清淨。）

老女人：但你若對所有女人都不想（拜託你還收藏著那一落色情雜誌

和光碟是怎樣啦），我能接受，若只是不想望我，我會很傷心很傷心。

老男人：所以你寧願我不行了？（難怪社會版上那被劈腿的妻子會割丈夫命根子）

老女人：你都沒回答前一個問題。

老男人：我們年紀大了，不行、也不想了。

老女人：所以終歸就是不愛了。

老男人：——好晚啦，別弄飯了，叫披薩吧，好像還有好禮三選一的券，選雞腿，也許兒子會出來吃。（唉，女人終生就是分不清愛和性，分不清什麼時候要合起來看、什麼時候又該分開。）

他起身去煮這天的第二杯咖啡，這幾年，他把一日的咖啡減成兩杯、其他時間學他父親代以中國蓋碗茶，因考慮睡眠故。因此他十分期待和珍惜咖啡時光，等待那杯咖啡，如同等待一個女人。

所以這又是時間差開的一個老梗玩笑，老男人衷心告白抱歉的是你現在才想要的，而他現下視如珍寶獻給你的、自由，你簡直想當做那些頂級珠寶寄給你的DM丟進廢紙回收箱呢。

老女人的、不是告白、是抱怨，因爲不覺有犯什麼錯。

老女人抱怨：你們永遠弄不清，我們終生要的是感情，不論以何種形式呈現，是令人害怕、羞答答、期待、享樂的性愛，或僅僅是一種注目、瞬息不離的注目，你因此在這茫茫曠野、人生長河中被標示被定位了，不再是那野地裡踽踽獨行至雷劈木下成化石的老女人祖先。

老女人祖先，花了好幾萬年時日，把自己的排卵期、經期，隱藏得好好的（不像其他靈長類動情發紅好不雅也好害羞），男人們、雄性們因不察何時排卵，爲求確認是自己的種，只好一次交配不夠、兩次、三次……，終夜守你身邊，眠夢中也握牢你腳踝，醒時交配，日日交配（果眞如你年輕時以爲、想像的婚姻人之夜晚），直至你腹部隆起。這段期間尙不能鬆懈他去，務必再再確認沒有其他雄性介入混種，並像你看過的公獅撲殺不是自己的仔獅。

如此他必須留守你身邊，甘心幫你覓食打獵，把他的後代撫育至能獨立行走離你胸懷。女祖先想辦法隱藏發情排卵，以便誘使男人待久些，爲你服務，無論再再交配的享樂或餵飽你保護你。

你們並不只要發情交配期的癡狂，你們更喜歡排卵期之外（或不再排卵了）的默默守候。

這與數萬年之後的你們對男人的要求沒啥差別，也許，你該甘心了，你不排卵好些年了，男人也在你身畔待了十倍於女祖先時代的平均四年，你比她們已佔了十倍的便宜，究竟你要抱怨什麼？

老男人：抱歉我曾把你像一隻美麗的鹿一樣牢牢抓住不捨得放走，如今，那曾在我體內牢牢抓著我不放的神奇之獸已離去，我們，我們能否自由的（當然仍可以一起結伴）走入曠野，走入另一個彼岸世界。

（可不是說好了是初夏荷花嗎？如何成了暮冬曠野來著？）

緣此，〈神隱III〉也不可能存在了……

〈不存在的篇章Ⅰ〉

這一章裡，你原打算連拐帶騙加付錢，找一個與你年輕時神似的女孩，小羊羔一般丟在那正欲走進曠野覓一處終老的老公獅跟前，看他待如何。也或許，是老公獅連哄帶命令加付費，覓得那逍逝在大氣中的少年，置你眼前。

最可能的是，你們帶他們二人異地一遊，看他們吃，看他們走，看他們買，看他們做。或許旅館房間掛畫的背後已有偷窺孔，你們成了變態老公公老婆婆老妖怪，急急推開佔著偷窺孔不放的彼此、亟想看牆那一邊在做啥麼。

牆那一邊，不會有什麼的，他們小妖似的身著新買的寸褸，膚貼玫瑰花蔓藤刺青貼紙，手腕頸項咣啷啷戴滿白日血拼的戰利品（混合著重金屬和哥德風的骷髏頭皇冠十字架），頻頻扯搶下對方耳機聽她他在聽什麼歌，電視開得震天響，因此不知他們有沒有對話，他們一包一包吃著便利店買來的新奇零食，包裝紙空盒扔一床一地，他們凝神注目螢幕，那是在台灣每晚都看得到的節目，不時仰天倒地四手腳舞動大笑……，他們互不相視，什麼都不做，不做那、此行、此生、你期待之事。

莫非，像那神話傳說，他們比你們要早早抵達那天人欲界了？

都說欲界的男女天人，隨時以身相親，夜摩諸天的僅僅以手相拉，兜率陀天的僅僅以心相思，化樂諸天的僅僅以目相對，他化自在天的僅僅以語相應——僅僅如此即可完成交合。

如此，竟是老公獅說的彼岸世界嗎？

〈不存在的篇章Ⅱ〉

窺視孔中，兩名小妖終於四仰八叉的睡著，仍耳戴耳機、軟垂著長長觸鬚器官似的接線，室內燈火大亮，電視大開，想必冷氣也開在最強，零食飲料吃完沒吃完的散落身畔，中毒身亡狀。

（此時應是小說家食指大動、派遣牆這邊的兩個變態老人登場做變態之事的時刻）……

二老不從，女的離開窺視孔沉吟著「這樣會著涼，該給他們蓋床毯子……」

男的，淚流滿面，他們，多像那最終偷偷塞塊肉乾給他的那女孩，多像那唯一發現他走入曠野、變作蹲踞著一隻鷹的那小孤兒啊……

〈不存在的篇章Ⅲ、Ⅳ、Ⅴ……〉

你多希望小說家爲你多寫些篇章，抵抗著終得步上彼岸世界的那一刻。

〈彼岸世界〉

那就還是回到那橋上吧，嘉年華祭典次日的橋上，只有日常零落的行人來往的橋上。

你們面著河並肩站（他並未被推落橋下，你也未在偷情的旅館被毀擊至死）。遠遠的群山是紫色的，冬天時它往往山頭覆雪，秋天，老遠都能看到它金黃熟紅的斑斕之姿……，時光如那迎來的河風颯颯撲面而過，風從老遠之處來的，鼓動你們衣衫，叫人錯覺是羽翼，你努力不被那風迷亂，以便伺機振翅隨風颺去。

「走吧。」他抓起你的手，你立即隨步跟上。

你們拾級至河畔，河畔每隔幾呎便有戀人情侶席地而坐。你們也揀了一處坐下，他撩起衣衫，要你重新貼好他腰際的鎮痛貼布（跳過這段小說家必展身手的描寫如日光之下蒼白乏力的腰身和年輕時勁驃的腰腹、更好參照閃過一幅性愛的光影、醚味的迷離回憶）。

你則脫了涼鞋，露出比平日走多了而磨損破皮的腳趾們，他包裹掏出一盒剛才從便利店買的ＯＫ繃，湊近爲你一一貼妥，那腳丫太陽下醜態暴露無遺，粗糲得與河邊看人釣魚的水鳥腳掌差不多，是一雙，你忽然想到訃文裡常用的那詞彙，旅世，是一雙旅世快六十年的腳丫子嘍。

「可以了嗎？」他立直身，反身要拉你起來，眼睛問著你。

你點點頭，借他力，一躍而起，振翅飛去，耳邊除了呼呼的風聲，還有分不清是少年還是那老年男子的低聲私語：當市場收歇，他們就在黃昏踏上歸途，我坐在路邊觀看你駕駛你的小船，帶著帆上的落日餘暉橫渡那黑水，我看見你沉默的身影，站在舵邊，突然間我覺得你的眼神凝視著我，我留下我的歌曲，呼喊你帶我過渡……

我留下我的歌曲，呼喊你帶我過渡。

你，自由了？

特別收錄

巫師與美洲豹的角力

林俊頴

時間老人波赫士成書於一九四九年的《阿萊夫》有一篇〈神的文字〉是這樣的：在那宛如孕婦子宮的完美半球形的石牢，囚禁著知道寶藏祕密的巫師、一頭美洲豹。正午，牢頂打開，縋下水罐、肉塊與是日的光亮。豹子的爪足不疾不徐踱步在時間的箭上。

枯槁不成人形的巫師在黑暗中回憶他知道的一切。他記得：「神預見天地終極時將會發生許多災難與毀滅，於是他在渾沌初開的第一天寫下一句能夠防止不幸的有魔力的句子。他之所以寫下來是爲了讓它流傳到最遙遠的後代，不致泯滅。」所謂的卡霍隆銘文。他也許見過千百次而不解。

波赫士如此寫活了一則絕妙寓言。啓蒙了的人，浩淼宇宙，洪荒歷史；人有可能、或如何確立其座標？形同活埋在石牢的巫師，豈不正是兼負破譯與記錄時空兩條巨大軸線一如夏夜仰望銀河鐵道的仲介者？

波赫士溫和堅定的寫著，「世界範圍內有古老的、不會毀壞的、永恆的形式；其中任一個都可能是尋求的象徵。一座山、一條河、一個帝國、星辰的形狀都可能是神的話語。但是在世紀的過程中，山嶺會夷平，河流往往改道，帝國遭到變故和破壞，星辰改變形狀。蒼穹也有變遷。山和星辰是個體，個體是會衰變的。我尋找某些更堅忍不拔、更不受損壞的東西。」每一句豈不也是他的大哉問？

巫師以爲可以用回憶抵抗年月。那逆流而上的姿勢，溯洄從之，我們曾經戀慕神往的，宛在水中央。

回頭一望，《擊壤歌》到現在三十年了，距離我作爲它的第一代龐大讀者群中之一人，一世過去了。但是，我記得。那（些）慘綠少年與其純金之心，精確的說，對四字頭後段與五字頭的文藝青年，很大的意義，每一個都是尋求的象徵，卷軸那般展開一座（頂峰積雪）山、一條（通天）河、一個（盛世）帝國、（億萬）星辰的形狀。

時代的風，飛揚起阿果號的帆的前夕，我記得，朱天心是那趟「尋找某些更堅忍不拔、更不受損壞的東西」金羊毛之旅的先鋒，吹著海螺傳播心的耳語，就要啓航了，就要啓航了。

那是個大夢、憨夢可以作得酣暢淋漓的時代是吧。十七歲的我，踩著舊腳踏車，盛夏的台中，鳳凰花如火山岩漿如大雪積壓，突然一股熱血沸騰上來，我穿著卡其褲將腳踏車踩得有如風火輪。路的盡頭，晚雲堆疊，抑或是蚊蚋群聚？那個幼稚的自我膨風脹大，在那蒼茫時空，渾然不覺內裡經驗與教養的一窮二白，一路飆進酒神的迷醉顛狂狀態，以為是即將登船展開偉大航程的選民。

我相信，我不疑，那時候，渴慕的血液拍打著流過心臟。

要等稍後幾年，在朱西甯老師的小說〈哭之過程〉，讀到：「拿著燈，出去迎接新郎的童女，有幾個愚拙的？幾個聰明的？」還要再更多年後，才讀到榮格（C. Jung）在關於心理學與文學一段論述創作的文字：「是否科學上所說的『心靈』其實不單單只限定腦殼內的未知物，而是一扇通往另一世界的門徑，其間時有怪異，難以捉摸之力量來往於其路上，擾亂人之寧靜心境，彷彿是以拍動夜之翅膀的樣子，將人從現實之世界帶入另一超人之境界嗎？」

或者，再數年，讀到學者施淑、黃錦樹鑄繹了「少年法西斯」之說，我才顫慄大悟。

什麼是少年法西斯？黃錦樹這麼註釋：「意指一種類似青春期的精神

狀態，把某種（道德）理想的純度提煉至絕對，而不擇手段、狂暴的（甚至血腥的）對社會上實踐未達致此一純度的人、事、物展開無情的懲罰式攻擊，以維護理想之名行使暴力、以對他人的要求替代了自我要求。」

青春期的狂飆、白熱化狀態，令人不得不想到所謂的法西斯美學，萊芬斯坦的紀錄片《意志的勝利》，那震懾且魅人的無比濃烈的意志純度，統攝了集體指向了一個爲之獻祭的永恆——那在雲端上的天父、總統府前十線大道、圓山橋上與秋風一起獵獵金石聲的國旗、獵戶星、大鵬鳥其翼若垂天之雲、那「雲層厚厚滾滾的，天下又光亮乾淨」的台北市。

然而，血液不再飢渴的現在，一如螞蟻啣著線索走出迷宮串起指環，我要說，朱天心便是那巫師與美洲豹，二實爲一。

容忍我再掉一次書袋，《玫瑰的名字》小修士問他的師父：「在純潔之中你最怕的是什麼？」「快速。」

從《擊壤歌》到《古都》，她的有如殘酷劇場的心靈世界，正是從一頭毛皮斑斕、每條肌肉滿蓄風雷之力的美洲豹，轉化到預言休咎之巫師的緩慢過程。

二〇〇四年初，我父親的告別式後，出於對死亡的怨憤，我母親隨即找人將家中大肆改動，鋪木地板，加裝廚房拉門，屬於父親的舊有秩序瓦解一地。我在潰亂中拾起眼熟的一封牛皮紙袋，一疊飾以墨綠線框的信件，信紙絲毫沒有泛黃枯焦，紙上若刻鑿而不羈的蝦體字也未曾湮糊。我一封封重讀，如同「從前從前有個浦島太郎」揭祕時刻？煙霧中或者有幸得以逆轉時間軸，重回十七歲那純粹的、「希望的深淵」（大江健三郎語）？信上一字字，波赫士所述，神的訊息以虎豹的鮮豔毛皮傳遞？

更奇趣的是，波赫士幾乎是與我們開玩笑了，他寫巫師的夢，第一個夢出現一粒沙子；第二個夢，兩粒沙子；夢與沙子等比級數的增加，巫師在夢裡被壓得透不過氣，他發出蒼老的感悟：「人會逐漸同他的遭遇混為一體；從長遠來說，人也就是他的處境。我與其說是一個識天意的人或復仇者，與其說是神的祭師，不如說是一個束手無策的囚徒。」

時間的侵蝕，千瘡百孔；或者，幸運的，時間的重壓，碳成了鑽。逆轉時間，既然是世人痴心妄想，就將時光隧道交給科幻樂園，以記憶與書寫抵抗年月吧。

一如那屏東糖廠，一九八四年八月我隨朱天心與謝材俊一遊，形同廢園，而草木猖獗，蘊含生猛繁殖力。丁亞民小說譬如《白雲謠》便是生發在這樣的所在，南國無盡的熱天靜靜灼燒的悠長黃昏。直到世紀末，再去，變成潦草的觀光園區，昔日長有荷花的水池填平了，我在門窗緊鎖而鉸鏈鏽成粉末的中山堂前吃著一支十元的台糖枝仔冰，水泥地上嗤嗤曬著日光有如一灘鹽酸溶液，踩上去會否屍骨無存？

少年法西斯的精神狀態畢竟是瓊花一瞑，一如徐克電影《刀馬旦》的最後鏡頭，我們終得告別少年，各自努力，尋找自己的涅槃。

《古都》寫成時，我寄居在朱老師家鄰近的高地國宅，露台的視野開闊，而盆地邊緣的山丘低矮，暗夜裡只是一叢蕪蔓。我每晚等著木柵線的末班捷運，那瘦瘠的現代遊龍泠泠作響的歸來。等到了，胸臆一股虛空。是夜如果怪夢太凶，便聽得到國宅前早班公車發動引擎的惡聲，黎明的寒沁我竟模糊的想到很久很久以前的陳琇明死亡案件。電梯裡淤積著運送垃圾的腐餿異味，牆上有惡毒留言：「豬狗畜生，放任你家狗在電梯裡大小便，全家死光光！」旁有回應：「操你媽B！」

等電梯時，我偶或看出窗外，看向高地的那一頭，而橫阻之間的芒草肥綠高大，簡直讓人猜疑是否底下埋了屍……，我堅心不回頭望，然而不免想，我已經累積了幾顆夢裡的沙粒？

類似那樣高度的樓層，是朱老師初次住院石牌榮總。一次下午去，撲了個空，病床旁小桌壓著一紙留言給阿姨的，蝦體字寫著陪大大散步去。我一人立時不再壓制對醫院的厭憎，呼鬆一大口氣，逃也似的離開。

「時移事往」，那有著一雙鹿腿般美麗長腿的時尚弄潮兒秦愛波。一九八三年底，我在南部服役，接到一疊影印稿子，信上說是連熬了六七天寫完的。八個月後，朱天心寄來宋碧雲譯的《一百年的孤寂》，「這本書是我近年來看過最亮眼感動的，特買了兩本，另一本給阿丁，希望能使你有所感。文學之外的，它給我甚大的力氣，馬奎斯寫此書時年卅七，在時局迫促的現下，給我很大的鼓勵和信心。」駑鈍如我，同樣的要等到很多年後，看了大江健三郎二十二歲的少作《死者的傲氣》，才稍稍瞭解，數屍體或是小說家必然的肌耐力訓練？

時局何止迫促，或者，果眞迫促？「在世紀的過程中，山嶺會夷平，河流往往改道，帝國遭到變故和破壞，星辰改變形狀。蒼穹也有變遷。」極地冰棚在崩解消融，北極熊唯恐溺斃。朱天心終究引用了魯迅的血氣文字：「有我所不樂意的在天堂裡，我不願去；有我所不樂意的在地獄裡，我不願去；有我所不樂意的在你們將來的黃金世界裡，我不願去。」說明了她拒絕做一個束手無策的囚徒。

只是，我們豈不都是存活在此時此地，豈有其他選擇得以挪移、遁逃？

三十年的時間，不會也不應是一條一眼望穿的直線。朱天心不是宅女巫師，她是我們熟知的身後拖著一塊大磁鐵的漫遊巫師。她穿過時有流浪貓狗的街巷，心眼深處的三稜鏡一層一層的複瓣交映記憶碎片，進得咖啡館，斂容入座，開始破譯、書寫。彷彿進入了另一種形式的波赫士的「阿萊夫」——「據說它的形狀是一個指天指地的人，說明下面的世界是一面鏡子，是上面世界的地圖；在集合論理論中，它是超窮數字的象徵，在超窮數字中，總和並不大於它的組成部分。」

她是否預見了潛藏的災難與毀滅（俗世的族群之鬥、身分認同、歷史的轇轕與荒謬、不平則鳴）？還是那不過是捕夢者的無聊夢屑？或者，少年法西斯的遺緒猶存，仍然不時作祟？或者，胡蘭成先生手書的「清哀炎帝女，少年慕鳥音」才是最精確的寫照？

啣西山木石，意欲填平東海的精衛鳥。那理想的精純完封在青春的狀態裡。

三十年的時間，我作爲一個文字的追索者，相信那文字聖殿的存在，其中美洲豹與巫師同在，一個是青春的守護，豔麗的顯現，激情的迷宮；一個是記憶的召喚，凝動時間，遂行祝福與焚香的儀式。

對我個人而言，朱天心及其書、寫，三十年的時日，在我閱讀的眼裡，那就是一個朱天心式的阿萊夫。

書上註解：阿萊夫，**Aleph**，希伯來字母的第一個，神祕哲學家認爲它的意思是，「要學會說眞話。」

第二次

駱以軍

死屍多極了，托彼亞斯甚至覺得在世界上見過的活人都沒有那麼多。他們一動不動，臉朝天，分好幾層漂浮在水裡，每個人都帶著因被人忘卻而感到遺憾的神情。

「這些人都已經死了很長時間了，」赫爾貝特先生說道，「要過幾百年後他們才能擺出這種姿勢。」

再往下游就到了安葬剛死去不久的人的屍體的水域，赫爾貝特先生停住了。正當托彼亞斯從後面趕上來時，一個非常年輕的姑娘從他們眼前漂過。她側著身體，睜著眼睛，身後有一長串花朵。

「這是我一生中看見過的最漂亮的女人。」

「她是老哈科博的妻子，」托彼亞斯說，「好像比本人年輕了五十歲。不過，就是她，不會錯的。」

「她到過很多地方，」赫爾貝特先生說，「她把世界上所有大海裡的花朵都採擷來了。」

——馬奎斯〈瘋狂時期的大海〉

我們會問：「爲什麼要有第二次？」

在激烈清絕，飽漲著青春與衰老、回憶與慾望，近乎瘋狂的逆悖時光之詰問，並讓人訝然駭異「燒金閣」的第一次之後，「你和我一樣，不喜歡這個結局?」重來，重起爐灶。布雷希特式地要死去的演員們起身，在老婦與少女的畫皮間挑揀戲服，重新站位，燈光，敲導演板（「Action!」），另一個完全不同的命運、

語境、哲學論辯之位置，因之召喚起對同一組角色完全不同之情感……

重來一次。

那是波赫士的「另一次的死亡」？昆德拉的「永劫回歸」——曾經只發生過一次的事，就跟沒發生過一樣？還是納博可夫的《幽冥的火》：覆寫在一首同名之詩上的乖異扭曲的小說。詩人隱退。詩在感官之極限或回憶之召魂皆鍊金術成神聖符號（「黃金封印之書」）。然而，扯裂那記憶雙螺旋體而複刻、黏著上譫妄、破碎流光幻影，龐大身世線索，詮釋學式翻譯每行詩句背後漫漶紊雜、「事實的眞相是如何如何」的，不正是，「多話」的小說家，妄想症的不存在國度之流亡國君，瘋子?那洶湧過剩的，「往事並不如煙」的「對照記」、「說文解字」——不，或是像豆莢迸裂紛紛彈

出，且無止盡彈出的小說家話語（或曰「巴赫汀定義的小說話語」）：充滿鬼臉、怨毒、耽溺、默想、悔恨……各種表情的「重說一次」？

在第一章裡，老年對青春的欣羨眷戀，它不是一種川端「睡美人」（或「蘿麗塔」）式的慾望客物化，一種仰賴對方失去主體性（在迷霧莊園般一間一間密室吞服了安眠藥而昏睡的裸少女，或不知道自己有一天會變形離開這個短暫神寵形貌的幼獸美少女）而高度發展。違反自然律的，「把老年人的雞爪探進年輕身體（或靈魂）的顫慄哆嗦」，一種孤立的極限美感。

很怪，它是一種《霍爾的移動城堡》的，或《換取的孩子》的，被咒詛的至愛變成豬，變成冰雕嬰孩，變成無心臟的俊美魔法師，那上天下地、漫漫荒原，徬徨無所依的救贖之途的啓程。

在這樣神話結構裡，「我」通常是較平庸、無神奇法力的平凡人——他是到冥府尋回被冥王奪佔爲冥后的髮妻的奧非爾斯。在《初夏荷花時期的愛情》裡，是個「所有囊狀器官皆脹氣」、「瘦的像蛙類，胖的像米其林輪胎人」，天人五衰，「困於老婦外型的少女」，同時又是南柯一夢驚覺所有如鮮花朝露的美麗事物，怎麼轉眼全衰毀石化的浦島太郎：

> 啊，如此渺茫，如此悲傷，但又不可以，你不失理智的告訴自己並無人死去無人消逝，你思念的那人不就在眼前。

那個「被救者」——對照於「日記」作者那個以永恆爲愛之賭誓的痴情少年，成爲時光河流中變形、故障、異化、憊懶（對不起我又想到宮崎駿《神隱少女》的河神／腐爛神）的陌生丈夫。

這篇小說同時存在兩種時光劇場：

1. CSI式的屍骸四散無從理清頭緒的重案現場。「我」重建、比對採樣，在每一件時光蛻物上作局部推理：「這一部分是在哪一個環節變貌的。」小說中的「那個丈夫」，在這樣的「追憶逝水年華」中，其實是個「死者」。——「這個人吃了當年那個少年」，恆不在場，或被關在「『我』與日記的獨白密室」之外。

2.「尋找被冥王劫去的妻子」之旅，招魂之祭，模仿最初時刻（或「抵達之謎」：年輕時在一張電影海報中看過，一對優雅的老夫婦衣帽整齊的並肩立在平直的、古典風格的橋上凝望著）的旅程。「日記」在此，成爲如〈古都〉中，那個失魂落魄、僞扮成異鄉人，對自己所在之城（但已是另一座城市）的一次陌生化重遊的那張記憶地圖。

那樣的「尋回」（認定現有的存在是最初那個的贗品、是失落物）、「推理」（「屍體」與「遺書」在時光兩端各自提出意義相反之線索），建立在不可能的時間鴻溝、不可逆的作爲時間債務的身體朽老、激情不再……因而所有的反推比證的判定必然是負棄與變節。這樣的敘事意志帶來巨大的，卡夫卡《城堡》那個土地測量員K般的焦慮：荒謬的核心，任何想循跡找回「事情的眞相」（最初）的路徑必然被挫阻。那個「恆不在場」，極限激爽的最好的時光在「你的幸福時刻過去了，而歡樂不會在一生裡出現兩次」之形上永遠失落之體認後，卻仍如柏格曼《第七封印》的武士執拗堅決與死神對弈。在第一章的結尾，變成了一種美學上的爆炸——那就是三島「火燒金閣」的意志：

舉凡有生之物，都不像金閣那樣有著嚴密的一次性。人只不過是承受自然的所有屬性的一部分，並予以傳播、繁殖而已。殺人如果是爲了毀滅對象的一次性的話，則殺人是永遠的誤算。我這麼想，這一來金閣與人類的存在便愈益顯示出明顯的對比：一方面人類由於容易毀壞的身體，反而浮現出永生的幻影；而金閣則由於它的不滅的美，反而漂起毀滅的可能性。

——三島由紀夫《金閣寺》

偷情。讓我們回到那個，小說家的咒語從半空響起：「你和我一樣，不喜歡這個發展和結局？那，讓我們回到〈日記〉處……探險另一種可能吧。」如愛麗絲夢境正在消失，所有正在親歷的場景、舞台、歡樂古怪的同伴皆塌陷、模糊、消失、遠杳……作為結界咒術鎮物的巨大鐘面之齒輪、機括、錘擺正四面八方回響以偷渡了流光的，波赫士〈不為人知的奇蹟〉之時差換日線。

（作為入戲的讀者，我差點驚呼出聲：「不，不，我喜歡這個版本，請繼續……不要關掉它……」然少女已遭荒野女神詛咒成老婦，至愛之人已變成無明無感性無記憶的豬，美麗神祇的腦袋已被砍去，老邦迪亞已迷失在夢中列車車廂般無數個一模一樣的房間其中一間忘了回來的路；繁華遊樂園變成塌落泥胎鬼氣森森的醜陋廢墟……）

小說家不理你，啓動了魔術。原本受傷的、哀逝的，被時光負棄故事所困的臉，突然輕微轉變成柔美、神祕的微笑。

是的，第二趟旅程啓動了。〈順風車遊戲〉。

認眞回想，早在很久很久以前，朱天心就是個啓動一場「流浪者之歌」、「哀傷馬戲團遊行」、「面具狂歡節」，主人翁換裝、僞扮成另外角色以進行一場離異於「任何旅途小說囿見」之外的旅途之高手了。〈古都〉已成爲後仿者翻轉城市多重記憶、地質考古學般將被高樓遮斷天際線的豐饒洶湧「小歷史」雜語，如潘朵拉盒子打開放出的黃金典律；〈匈牙利之水〉的僞香水朝聖之旅，〈威尼斯之死〉的僞鑽石拱廊街的拾荒者，業餘偵探之小型暴動；乃至〈我的朋友阿里薩〉、〈鶴妻〉、〈去年在馬倫巴〉……無一不是（如果冒犯的、簡化地說）一趟又一趟，從上下四方，裡面外面，以咒術召喚不存在之走廊，以穿越這個鋪天蓋地、《銀翼殺手》般晚期資本主義大峽谷場景的變裝旅程。即令在創作光譜中最晦澀濃縮，因悼亡父而書之《漫遊者》，也被黃錦樹比爲宋玉之〈招魂〉：「旅行。漂流。

在地球上踩滿腳印的朱天心，旅行漫遊的那種快適在這裡卻沉重如同沿途撒著冥紙，於是我們將聽到壓抑的哭泣聲……」，上窮碧落下黃泉的旅途。

在〈偷情〉這一章裡，則是偽扮成對方多年來並不在場（不在時間內）的初戀情人的偷情之旅。

〈順風車遊戲〉此一短篇，在昆德拉那些動輒祭起希臘詞源與哲學論辯公案，像魔術方塊旋轉、拆卸、重組，各章節以音樂賦格形式對位、重奏、變奏「同一主題」（「鄉愁」、「不朽」、「生活在他方」、「媚俗」、「笑與忘」、「緩慢」），博學、雄辯、性愛展廊與犬儒知識分子「誤解辭典」之狂歡的長篇巨石陣裡，或只是一個「昆氏小說技藝」最原初、基本幾何構圖的微形宇宙模型（勉強類比卡爾維諾的《宇宙連環圖》、張愛玲的〈留情〉、李永平的〈拉子婦〉）。

一對各有所思的年輕情侶，在一趟原本平庸無想像力的既定旅途中，一時興起玩起「假扮陌生人」遊戲：純情的女孩變身公路邊攔陌生人順風車的浪蕩女；老實的男孩則打蛇隨棍上演起這種順風車豔遇的玩家，這樣看似陳腐的《仲夏夜之夢》角色換串大風吹，在這類第一流小說家的小篇幅操作裡，反而可以一窺其嚴謹強大的基本技藝，原本惡戲的小男女突然意識到他們不知從何時起，被那個小小調皮的角色扮演遊戲，那個罩至他們臉孔的面具所吞噬、制約。他們無從脫身，愈演愈烈，混淆了僞扮情境之契約邊界，猜疑、嫉妒，且愈在對方面前入戲扮演那個本來不是（但後來自己也詫異：原來我有這一面？）的淫蕩放縱的「另一個我」。

小說的結局是在這一切不斷加碼，無法踩煞車的最恐怖暴亂，同時最狂情淫蕩的高點，女孩在一間汙穢破爛的小旅館，啜泣著對男孩重複：

「這是我啊……這是我啊……」

這個「順風車遊戲」的旅程之展開，正是朱天心在這一組「初夏荷花之戀」小說的芝諾「飛矢辯」、「阿奇里斯追龜論」，或曰波赫士〈不爲人知的奇蹟〉的魔術所在。

飛矢辯：

（一）一支飛行中的箭矢，這飛行之空間可以區分爲無數個瞬間的位置。

（二）飛矢飛行的過程，即是這一系列連續瞬間位置的總和。

（三）在每一瞬間位置上的箭矢是靜止不動的。

所以飛矢是不動的。

旅程本身不再是「尋找金羊毛」的夢想、追尋、冒險與啓蒙。而是堂·吉訶德式的，對成爲懷舊照片、金閣寺，或班雅明那些熠熠發光，凍結在永恆靜美的時光蠟像廊（或電影海報）的「最珍貴的處所」，再一次踏查，一種冒瀆、歪斜版、滑稽、愚人嘉年華式的重遊。

正是在這個不斷可以按「暫停鍵」、「倒帶重播鍵」，把劇場上一臉茫然的那對男女演員（扮演老妻的堂．吉訶德和扮演老夫的桑丘？）不斷叫回後台，重新化妝，換戲服，像瘋狂的導演交代另一套又一套完全迴異的劇本。（《東京物語》？《去年在馬倫巴》？三島的《孔雀》？《威尼斯之死》？《愛情的盡頭》？）

當我們腦海中還核爆之瞬被強光停格在，第一章那個「變成冰雕嬰孩」、「是不是哪個妖怪吞食了未來那個寫『日記』之深情少年」的，那個在初老妻子眼中汨汨突突不斷冒出汗油臭味的故障機器人丈夫被推落橋下，「啊！」一趟遠比昆德拉〈順風車遊戲〉複雜、妖嬈、恐怖許多的面具換裝之旅啓動了。原本，原本我們自以爲熟悉的那個「少女神」——爲了不能忍受孔雀在時光流河中必然衰敗變醜而將動物園孔雀悉數殺光，爲了金閣絕不能落入平庸汙濁的無想像力視覺而燒了金閣，爲了「寶變爲石」而嚎啕痛哭的那個揮動翅膀背對時代暴風，眼前散布屍骸與瓦爍的克利大天使——不見了（或詭笑地戴上狂歡節面具了）。「偷情」。如同M．安迪在《說不完的故事》中，替那個被虛無吞食國度危難所困的孩童女王所提出的唯一救贖之道：作爲拯救者的培斯提安縱身踏入以搶救之的贖償代價：「每創造一無中生有之物，便以失去你在現實世界一件記憶，爲交換。」小說家在此拉開的一段「偷情之旅」，形上而言，正是「愛、易感、淚水、體液，所有第一義，最鮮烈年輕、動物性的創造力」之祕密贖回。把變成冰雕嬰孩的本來的弟弟換回來。試想如果一個在除魅已盡，無有神所以也無有魔鬼可協商交換年代的浮士德；一個遇不到湯婆婆與白龍、無魔法幻術可施，但是確實失憶想不起自己名字的神隱少女（艾可的《羅安娜女王的神祕火燄》？）。——這是〈偷情〉這個「搶救大冒險旅程」最黑暗、恐怖、讓人讀之大慟的「存在之隱蔽」。

——啊，吃不動了，走不動了，做不動了。

——時候到了，原來兒女也並不重要。

不然何來拋家棄子之謂？

「你願意爲我拋家棄子嗎？」比「你願意嫁（娶）我嗎？」更具吸引力和神聖性，可以同樣站在聖壇前莊嚴回答的。

除了滿滿、沉甸甸的，一無是處的回憶；除了那在時光原點懵懂慢速以己身（變成這樣讓自己厭憎沮喪的天人五衰模樣）澆灌長出的一切（並不是自己當初所想的）：子女、家庭，再沒有新的可能性，可以直望到生命盡頭的，所有中年初老之人眼中所見那疲憊重複的生之哀——無任何可堆上牌桌梭哈那一把以何爲交換？以何爲抵押品（甚至祭品）去「偷」回那本來已不再被應允屬於你的，神光閃閃的至福時刻？

那個國王讓人殺了貝克特大主教——他看到敵人把他的出生城市燒毀，於是發誓說因爲上帝對他做出這種事，「因爲祢搶走我最愛的城鎮這個我出生而且長大的地方，所以我也要搶走祢最愛我的那部分。」

——格雷安．葛林《愛情的盡頭》

那交易已經開始生效……這發生在很久以前。在北溫哥華，他們住在柱樑式房子裡。那時她才二十四歲，對討價還價還是新手。

——艾莉絲．孟若〈柱和樑〉

第三章，乍看是「誤解的詞」之形式，其實是「神隱」——在前章所有作爲舊昔時光蜕物（「你」擋不住的，正在石化的一切），堆上牌桌以梭哈那一趟神光重現之旅的，小說時間之外的逐條注解，或這麼說，借班雅明在〈普魯斯特的意象〉所提：

「普魯斯特的校對習慣簡直令排字工人絕望：送回去的長條校樣上總

是寫滿了旁注，卻沒有一個誤印之處被糾正過來，所有可能的地方都被新的文本佔據。回憶的法則在作品的邊緣同樣發揮著作用……記憶中產生了編織的規則。」

「普魯斯特如此狂熱地尋覓的究竟是什麼？這些不懈的努力到底為什麼？我們能說所有的生活、工作和行為等等，僅僅是一個人生活中最平庸乏味、最容易消逝、最多愁善感、最軟弱無力時刻的混亂呈現嗎？……我們可以稱之為日常時刻……如果我們就此屈服、沉入酣眠，就不會知道什麼在等待著我們。普魯斯特沒有屈服、沒有沒入酣眠。」

「……依靠對這種法則的屈從，他征服了內心絕望的傷痛（他曾經將之稱作『……此時此刻本質上無法補救的不完美』），而且在記憶的蜂巢為他思想的蜂群建造起蜂房。」

什麼樣的法則？

普魯斯特的法則是「夜晚和蜜蜂的法則」，那朱天心呢？

我們或可這樣說：

朱天心是一個頭頂著美杜莎蛇髮（我想像著每一尾扭動的蛇是她埋伏、騷亂——大至一座城市、一段編年，小至一間咖啡屋、瑣碎物件、飄浮如風中微塵感官——指針各自不同的時鐘）的記憶之神。她的眼瞳凝視之物，立即石化成「昔時」。成爲龐貝古城永遠停止在毀滅之瞬的浮世繪蠟像館。「一望」。但我們同時爲她深情款款的眼神所騙。一望即成死灰（譬如徐四金《香水》中寫到大把玫瑰一扔進滾燙熱油之瞬，立即枯萎慘白……）。

包括她的時間重疊（〈古都〉）。「老靈魂」。奇怪我總在那些「怨毒」、「焦慮」、「卡珊德拉之預言」、「抒情傳統」的敘事看到一些完全相反的東西。或許這個複雜的小說家在睜睜瞪視眼前發生的一切／將要被咒禁進她小說中的，也正是掙搏於那些「完全相反的本質」。

所以，在第一章以「日記」和「《東京物語》海報那兩個站在橋上的暮年夫婦」爲時光起點與終點而祭起的「燒金閣」行動（祭品是那位不幸當年寫了「日記」卻並沒有經歷浦島太郎時光機奇遇的老丈夫）；第二章展開了（其實是重來、覆寫了）「順風車遊戲」的偷情旅途（交換那極限光焰，或光焰黯滅前一證之眼「可以了嗎？」「可以了。」的神之秤的另一端是拋家棄子剜肉刮骨斷腸截肢的所有，「不要了」）；連朱偉誠這樣的專業讀者（或我這樣的小說後輩）初讀時都會忍不住入戲呻吟提問：

……你拿過往年輕時候的認眞來檢證年老的現實，這種檢證可能有些讀者會覺得荒謬，我的意思是說用年輕來檢證現在，不管什麼樣的人其結果都必然是不堪的。

——《印刻文學生活誌》六十一期，〈朱天心答朱偉誠問〉

這或正是朱天心的「法則」：不斷插入的旁注，旁注的頁沿再被插入延伸了更洶湧語義與無數張「我記得」的禽鳥俯衝快速變換調焦的層疊回憶照片。一開始我們以爲那輕靈（而且顯得不夠多以組成「僞辭典」）的小章節是數獨式的填字遊戲（誤解的詞）；或如唐諾在朱天文《巫言》的長跋中提到的，吳清源所說「當碁子下在正確的位置時，每一顆看起來都閃閃發光」的星空。……但我們很快就大汗淋漓地發現，每一剎那被朱天心塡進空格（或挾起抽換掉）的數字，每一枚被她放進那次敘事那個位置的碁子，都像將要引爆一場連續液態炸藥的第一粒灼燙的硫磺，或是核分裂核融合千萬次方擴散（無法收回的地獄場景）第一個場癟崩潰的原子。

這時，〈神隱〉展開了，插入「第二次」的另一個「第二次」（以及等比級數或如連續引爆的「誤解的辭」）的「旁註」沙沙編織起來。波赫士所謂「兩種（或兩種以上）龐大隱祕、包羅萬象的歷史」。

黃錦樹當年在〈從大觀園到咖啡館——閱讀／書寫朱天心〉一文中，

以小章節分項定義且論述的「都市人類學」——包括「資訊垃圾」（一方面顯示朱天心「一篇寫盡一種題材」的驚人企圖；另一方面卻又透露出她作爲都市社會中資訊／垃圾處理機的深沉憂鬱）（詳黃文p.251）；「蠻荒的記憶」（黃文引〈去年在馬倫巴〉）中慢慢退化爲爬蟲類的拾荒老人，及〈鶴妻〉中在「台灣男襪業發展史」、「近五年家電史」、毛巾史、洗衣粉史……物化的世界裡爲了抗拒男性對她的遺忘（在死前、死後）以商品填滿所有隱蔽的角隅，「徹底異化爲一個更加靜默他者」的鶴妻解釋，朱天心「以取消時間縱深度的方式來詮註都市文明中斷裂的現前，把在時間共時化中消失的歷史還原爲神話，人類的歷史從「蠻荒—文明」轉變爲「蠻荒—蠻荒」（詳黃文p.257）；「歷史」、「巫者：新民族誌」（「作爲巫者，他們進入神話的時間，進入由無數的『死亡』堆砌成的『過去』。在敘述著神經質的旁白、解釋性的敘述中，作者援引心理學、哲學、人類學的論述，舉證歷歷……透過類比……」）（詳黃文p.263）如今重讀，仍奇異地具有如此新鮮、強大的詮釋效力。

「神隱」，即是穿過宛如昨日重現的垃圾墳場、老靈魂多年前彳亍作人類學觀察的原始部落曠野、神話的時間（這時我們領悟朱天心式的，波赫士之一個以上的「包羅萬象的歷史」之構建）……如那隻變貌成腐爛神的河龍，償還時間／物質／人類學式龐大城市記憶債務地，嘩嘩吐出這一切「變老」噩夢的造夢材料。

作爲讀者，我們原本從《古都》那些一趟趟「艾蜜莉的異想世界」式的城市蠻荒裡乖譎、暴走、顚覆性的「出走／離場／僞物質史」召喚而起的「抒情—憤怨—滑稽」複雜情感，在《漫遊者》那黃金印記，如同《百年孤寂》老邦迪亞率族人在一片「長征者的皮靴陷入熱騰騰的油灘」，「像夢遊般走過悲哀的宇宙」的「尋父之途」夢中沼澤的亂迷、哀慟與神祕性之後，似乎印象的判準朝向朱天心小說的抒情與「憤怨著書」（王德威先生語）傾斜。我似乎也慣性地在閱讀朱天心小說的預期舌蕾上，忽視了那些其實荒謬滑稽，難以言喻的鬼臉，一直到《初夏荷花時期的愛情》，不，應該說是跟隨著第一章之後的第二章，我們被那強大抒情力量帶引，愈陷愈深的濃愁耿耿，憑弔傷逝之情裹脅，卻在某些段落出乎意外地噗哧笑出聲。（啊？怎麼搞的？）

我不很能釐清這種混雜了抒情、憤怒同時古怪滑稽的情感是怎麼進行的，或如巴赫汀曾在〈諷刺〉這篇短文所作之界定：

「以其眞正的形式而論，諷刺是純粹的抒情——憤慨之情。」

「諷刺並非作爲一種體裁，而是作爲創作者對其所寫現實的一種獨特態度。」

「……所有這些笑鬧的節日，無論是希臘的，還是羅馬的，都與時間——季節的交替與農耕的周期有著重要的聯繫。笑謔彷彿是記錄這交替的事實，記錄舊物死亡與新物誕生的事實。所以，節慶之笑一方面是嘲諷、戲罵、羞辱（將逝的死亡、冬天、舊歲），另一方面同時又是欣喜、歡呼、迎接（復蘇、春天、新綠、新歲）。這不是單純的嘲笑，對舊的否定與對新、對美的肯定緊密交融。這種體現於笑的形象中的否定，因而具有自發的辯證性質。」

《初夏荷花時期的愛情》這整部小說當然是環繞著「時間」這一主題進行複奏式的辯證，形式上它在章節間違反現實（或閱讀慣性）之逆轉、倒帶、不同鐘面的景框跳躍、停格（微物之神出現）……形成一種小說時間默契的擠迫與鬆脫，高度期待而驟轉虛無，一種（看不見的鐘錶）機械意象侵入的錯置感。在對時間的辯證本身，它所形成的「純粹的抒情——憤慨」又遠比古老農耕節的時間想像要嚴酷殘虐許多：因爲衰老（或將逝的死亡）並不是歡欣迎接新生的遞嬗旋轉門，它是一幅巨大的文明場景將被遺忘（石化、廢墟化、天人五衰）不爲人知的祕密搶救行動。小說家讓人瞠目結舌的追憶幻術相反地是在「對舊的（等價時光之無限延展）懷念，對新、對美的質疑」，在極窄如「站滿天使之針尖」的時間切點之上打開。而各章節間的辯證互相顛倒、逆反……

（這正是「第二次」的力量所在）

大江健三郎在《小說的方法》第七章〈仿諷及展開〉中，提到俄國形式主義者關於「延續小說事件」，討論「怎樣通過敘述事件的方法讓事件的整體像物那樣深深地印在讀者的意識中？」「被『陌生化』的事件又如何成為我們『明視』的對象？」「怎樣開拓出與符合日常生活邏輯的發展不同的途徑？」：

史柯拉夫斯基指出：

> 主題這一概念經常與事件的記述以及稱為內容的敘述相混淆，但是，內容只不過是構成主題的素材。

……藝術的形式不是靠日常生活的動機形成的，而是通過藝術本身內在的法則來說明。延長小說的做法不是靠納入對立者，而是靠置換幾個部分而得以實現的。作家通過這個方法爲我們提供了構成作品方法背後的美學法則。

換言之，即《項狄傳》作者史丹在扉頁引伊比德提斯（Epictetus）的話：「推動人類的不是行爲，而是關於行爲的意見。」

大江在這個章節中，舉了《堂．吉訶德》中，幾個「小丑看穿了欺騙作弄他的所有詭計，立刻在內心世界顛倒了兩者的關係」，滑稽性模仿的例子（包括主僕兩人被作弄騎上木馬且糊弄那是可以在天空飛翔的滑稽機關；包括桑丘作爲狂歡節小丑當上「島上的總督」；包括挺身保護引起眾怒的牧羊女……），如何「通過顯露對既有手法的仿諷來創造他們自己的小說結構」。最感人的一段是寫到，意識到自己不久人世的堂．吉訶德把朋友們召集到病床邊，對他們說：

我確實曾經瘋過，但是，我想做一個正常人死去。

他的僕人，一直扮演給堂·吉訶德這種瘋癲的冒險潑冷水的桑丘，這時卻著急地勸他：

啊呀，我的主人，您別死呀！……您別懶，快起床，照咱們商量好的那樣，扮成牧羊人到田裡去吧。……假如您因爲打了敗仗氣惱，您可以怪在我身上，說我沒有給駑馬繫好肚帶，害您摔下馬來。況且騎士打勝打敗，您書上是常見的，今天敗，明天又會勝。

大江寫道：「在此之前，正像堂·吉訶德自己所承認的那樣，他一直是瘋癲的冒險。可是，對守護在病床前看到堂・吉訶德垂危的桑丘・潘薩來說，已經不用擔心自己再次被拖入冒險的行列，他獲得了新的感受。眞正給自己封閉的農民生活帶來活力，使自己的生命煥發生機的正是與堂・吉訶德所進行的冒險。桑丘・潘薩認識到日常生活的自己與其他農民一樣精神正常、碌碌無爲，通過充滿活力的自我解放，他看到了另一個世界。這是一個想像力活躍的世界。」

或如波赫士在〈另一次死亡〉裡那個死了兩次的達米安，提出了兩個時間版本：一個是一九四六年在恩特雷里奧斯去世的儒夫；另一個是一九○四年在馬索列爾犧牲的勇士：

> 達米安戰鬥陣亡，他死時祈求上帝讓他回到恩特雷里奧斯。上帝賜恩之前猶豫了一下，祈求恩典的人已經死去……上帝不能改變過去的事，但能改變過去的形象，便把死亡的形象改成昏厥，恩特雷里奧斯

人的影子回到了故土。他雖然回去了，但我們不能忘記他只是個影子。他孤零零地生活，沒有老婆，沒有朋友；他愛一切，具有一切，但彷彿是在玻璃的另一邊隔得遠遠的，後來他「死了」，他那淡淡的形象也就消失，彷彿水消失在水中。

一九四六年的版本則是：

達米安在馬索列爾戰場上表現怯懦，後半輩子決心洗清這一奇恥大辱。他回到恩特雷里奧斯……一直在準備奇蹟的出現。……四十年來，他暗暗等待，命運終於在他的臨終的時刻給他帶來了戰役。戰役在譫妄中出現，但古希臘人早就說過，我們都是夢幻的影子。他垂死時戰役重現，他表現英勇，率先作最後的衝鋒，一顆子彈打中他前胸。於是，在一九四六年，由於長年的激情，佩德羅·達米安死於發生在一九〇四年冬春之交的敗北的馬索列爾戰役。

波赫士說：「《神學大全》裡否認上帝能使過去的事沒有發生，但隻字不提錯綜複雜的因果關係，那種關係極其龐大隱祕，而且牽一髮而動全身，不可能取消一件遙遠的微不足道的小事而不取消目前。改變過去並不是改變一個事實；而是取消它有無窮傾向的後果。換一句話說，是創造兩種包羅萬象的歷史。」

「第二次」的力量：不論是大江所說的「想像力活躍的另一個世界」（堂・吉訶德主僕針對「現實」或龐大騎士傳奇牧羊人小說所發動的）；波赫士所說的，牽一髮而動全身，「創造兩種完全不同，卻各自包羅萬象的歷史」；或納博可夫在《幽冥的火》中炫技展開的「小說之於詩的腫瘤式話語增生繁殖」，一個妄想症者腦中洶湧冒出的「不存在王國歷史」。朱天心在《初夏荷花時間的愛情》啓動的小說時間，絕不僅僅是我們那個年代所謂

「開放式結局」如芥川的〈竹藪中〉或符傲思《法國中尉的女人》，「幾個不同版本之情節」。那更接近於昆德拉談論卡夫卡時所提出的「賦格」——拉丁詞原意是「飛翔」或「追逐」，同一主題在其他聲部模仿、變奏、形成各聲部相互問答追逐——「我把我的歧路花園留給許多未來，而不是一個未來」，是的，但朱天心在這每一座拆掉重搭的歧路花園裡，天啊她打開了「小說不只是故事，而是關於人類行爲之意見的全部話語」的潘朵拉盒子：想像力、歷史、記憶、虛構的權柄、哲學的雄辯……「第二次」並不是與第一義篇幅相當而情節不同的「另一個故事」，而是「小說的全部」——作爲晚近愈見氾濫的所有將小說變成冰雕嬰孩仿冒貨（盧卡奇說的：「小說有一個孿生兄弟：通俗小說」？）的陳腔：「現在的小說家愈來愈不會說故事了。」或者，某些只在第一義便完成小說閱讀之生產與消費的懶惰讀者輕率下標：「認同焦慮」、「城市書寫」、「身體／性別」……的那些小說；甚至她如哪吒剛烈寡恩在拋甩著那些（包括她自己寫過的小說）曾經存在的小說時光隊伍……所有「關於小說的誤解的詞」。

這個小說家以這趟書寫（這本書。這幾個作為賦格的短篇）搏擊「衰老／時光」這個主題，她明白的告訴我們：小說不止是對生命的「鑄風成形」、「編沙為繩」（波赫士語）、「以影惑體」——它近乎其姊朱天文的短篇〈肉身菩薩〉結尾引尸毗王割肉貿鴿的故事教訓——「這樣夠了嗎？」一次、兩次……像裱畫老匠人一層一層糊上對這個主題（時光）不可能之捏塑、逆襲、扭轉——一則遺失的愛情故事——克利悼亡的大天使變成溫德斯〈慾望之翼〉那個自鴻蒙初開以來即瞪視腳下人間，終於選擇折翼墜落的天使，為了究問、議論（不是行為而是對行為的意見）、追逐與飛翔……一次又一次造成時間之銼磨、拗扭、傷痕印象的下墜，直到天秤兩端（無邊的眞實與波赫士所說的那個「阿萊夫」）等重。

種種，你有意無意努力經營著你的夢中市鎮，無非抱持著一種推測：

有一天，當它愈來愈清晰，清晰過你現存的世界，那或將是你必須——換個心態或該說——是你可以離開並前往的時刻了。

——〈夢一途〉

在〈不存在的篇章〉這一系列短段落，在老男人對著這篇小說的發言者〈老女人〉說了那段「不結伴旅行者」（借朱天文《巫言》）最哀傷、澄清，且孤獨的最後旅程之「結伴邀請」：

抱歉我曾把你像一隻美麗的鹿一樣牢牢抓住不捨得放走，如今，那曾在我體內牢牢抓著我不放的神奇之獸已離去，我們，我們能否自由的（當然仍可以一起結伴）走入曠野，走入另一個彼岸世界。

由此，到最末一章〈彼岸世界〉，那卡爾維諾所說之「輕」的，讓人詫異、靜默、被那無限自由遼闊但哀絕的棄握而去所震懾，在這之間，小說家設定了一個非常奇詭的「箱裡的造景」，一個窺視孔。同樣是那重來一趟的「赫拉克利特河床」之旅程，但這次「順風車遊戲」雄兔腳撲朔雌兔眼迷離在「今之昔」的角色換串遊戲中，第一次在時光彼岸找到共時點，成爲共謀的兩人，「你們成了變態老公公老婆婆老妖怪」，分別挾裹一個各自青春幻影之少年少女替身，「你們帶他們二人異地一遊，看他們吃，看他們走，看他們買，看他們做。」

這個視覺魔術如蠟燭黯滅前最後的火燄，驚鴻一瞥，簡筆匆匆帶過（小說家甚至將其標定如「垃圾回收桶」那般，僅爲備忘的「不存在」）。然而，這一個「其實存在的窺視孔」，以我這樣一個小說後輩讀來，如林俊頴在〈巫師與美洲豹的角力〉一文所引波赫士之「阿萊夫」：「據說它的形狀是一個指天指地的人，說明下面的世界是一面鏡子，是上面世界的地圖；在集合理論中，它是超窮數字的象徵，在超窮數字中，總和並不大於它的組成部分。」

牆那一邊，不會有什麼的，他們小妖似的身著新買的寸褸，膚貼玫瑰花蔓藤刺青貼紙，手腕頸項咣鎯鎯戴滿白日血拼的戰利品（混合著重金屬和哥德風的骷髏頭皇冠十字架）……他們互不相視，什麼都不做，不做那、此行、此生、你期待之事。……都說欲界的男女天人，隨時以身相親，夜摩諸天的僅僅以手相拉，兜率陀天的僅僅以心相思，化樂諸天的僅僅以目相對，他化自在天的僅僅以語相應——僅僅如此即可完成交合。如此，竟是老公獅說的彼岸世界嗎？

那個窺視孔構建的觀看劇場，如小說之林，機關重重，繁複洶湧既是時光的悖論，今昔的對峙（〈波赫士與我〉？或者〈古都〉裡的「我」與A？）又是暮年之眼凝視青春豐饒色境的感官爆炸（不論是川端〈睡美人〉

對少女胴體那近乎戀屍癖的微物之神；或納博可夫《蘿麗塔》的昆蟲學家式審美狂執）。

對我這小說後輩而言，直如插劍石上論藝，搔耳撓腮，揣度其意，餘緒無窮。

（此時應是小說家食指大動、派遣牆這邊的兩個變態老人登場做變態之事的時刻……）

（你多希望小說家爲你多寫些篇章，抵抗著終得步上彼岸世界的那一刻。）

也許是小說家的鐘面，移格到我們重兵屯集，列陣決戰的曠野邊界另一端，幽微神祕的刻度所在？

……留有夜燈的病房，我可以確實清楚看到躺著的父親睜著大眼四處打量，異於白日的因藥物和貧血而昏睡。父親確實清楚看到很多我無法看到的什麼，他鷹似的愛觀察的炯炯雙眼，焦距左右遠近不定的時時變換著，幾乎我可以聽到上好的單眼相機不斷喀嚓的按快門聲……眞想問他看到了什麼。

——〈《華太平家傳》的作者與我〉

天人五衰，魂飛魄散，神明形體終於塌毀崩陷前那一刻，小說家記下的是一場將啓程的「老年的未竟之渡」，出發前的刻舟求劍式的懷念、荒誕，甚至堂·吉訶德主僕搖頭晃腦、兩眼認眞但同時神祕詭笑的，只屬於小說的「一個不爲人知的奇蹟」。當青春的幻術以不同故事祭起又次第萎白凋謝，形式的「第二次」洩露了杜子春式的時間原點，「換取」的過程我們不知不覺因小說的物質性力量，領會到從極限光燄那端一點一滴交換到衰老這端的「老年」，其實千滋百味，印滿初老小說家好奇把看，難以言喻的情感，作爲替身的青春「另一個我」反而愈見透明。這個古怪的兩個老人窺視兩隻年輕幼獸的房間（時光的渡口或驛站？），讓我背頸起雞皮疙瘩地想到符傲思以莎翁《暴風雨》中普洛斯帕羅爲主人翁原型的長篇《魔法師》；或大江在《再見，我的書！》那個老頭古義人在他的「另一個」分身將他誘捲進一場「以老人之姿重來一次的三島切腹式恐怖行動」的暴亂、滑稽，但同時悲憤的「堂・吉訶德矛槍的奮力一擲」，腦海中卻宛若音樂鳴響著艾略特詩句：

我已不願再聽老人的智慧，
而寧願聽到老人的愚行，
老人不安和狂亂的恐懼

老人厭惡被纏住的那種恐懼
老人懼怕屬於另一人，懼怕屬於其他人
懼怕屬於上帝的那種恐懼。

這是這間怪異的小小房間帶給我的強大衝擊：「原來如此！」而遠不止於此。在看到小說家以畫素數千倍於我們之屏幕，以快速切換焦距的多景窗視覺，以〈強記者傅涅斯〉那樣將所有約定俗成之抽象符號與計數單位全抽換成完全獨立的第一手感性所造成之「細節的細節的暈眩」，一種整座城所有鐘樓的鐘面全調成不同時刻的瘋狂共鳴……進佔那個難以言喻的房間之前，太容易被那些「沒有誤解的辭」、類型化角色、想當然耳的抒情傳統給套用、臆想的「暮年之哀」。「老男人／老女人」——誤解的辭——你不斷在閱讀中被調校著自己不夠寬廣的變速箱，被小說家左突右奔，不同路況的跳換中聞到自己過於僵直靈魂輪胎的燒焦味。老人的智慧，澄澈死寂的無欲與懷念。……不，這個「初老的祕密」有時殺氣騰騰，有時淚眼汪汪易感自棄，有時決絕寡恩到讓人胃部發冷，但有時讀著讀著會被那古怪滑稽的段落惹得（在咖啡屋引人側目地）哈哈大笑……

如同也是雙魚座小說家的馬奎斯，在《愛在瘟疫蔓延時》，寫到睽違半世紀的這一對老戀人那應該是整個小說高潮的會面時，竟然寫的是阿里薩「腹部立刻充滿了疼痛難忍的氣泡」，在羞恥和痛苦下匆匆告別，之後在自己車上拉起肚子。或是寫到他倆在最後運河上來回航行那輪船的第一夜，費爾米納說了那句俗爛又非如此不可的台詞後（「不行了，我已是老太婆了！」）接下來卻是：

她聽見他在黑暗中走出去，聽見他走在樓梯上的腳步聲，聽見他漸漸消失的聲音。費爾米納又點了一枝菸。一面吸著，一面看到了烏爾比諾醫生。他穿著整潔的麻布衣服，帶著職業的莊嚴和明顯的同情，以及彬彬有禮的愛，從另一條過去的船上揮舞著帽子向她做再見的手勢。「我們男人都是些可悲的偏見的奴隸。」……費爾米納坐在那兒一動不動，直到天亮。她一直在想著阿里薩，不是福音公園中那個神情憂鬱的哨兵阿里薩，那個阿里薩已激不起她的一絲懷念之情了，而是此時的阿里薩，他衰老了，然而是眞實的阿里薩，她一直伸手可及，但卻沒有及時識別出來。

很怪的是，我讀朱天心《初夏荷花時期的愛情》，一路下來，從第一章、第二章，小說之妖獸不斷從記憶封印之銅櫃放出，到了黃錦樹曾云「僞神話」、「僞人類學」的「誤解的詞」，衰老成爲撿拾碎瓦殘骸（又回到克利的大天使？〈去年在馬倫巴〉的拾荒老人？）在場的存在：那個「不再留戀現世的東西，不再瞭解和喜歡現世的人，其實都在預作準備，預作前往彼岸世界準備」的渡口，我卻被一種完全相反的、眷戀不忍、對眼前每一件細物的衰壞或石化驚怒且哀慟，昆德拉所言「對人類存在處境描述之熱情」給震動。

不僅止描述（當然也遠不止「熱情」，那近乎瘋狂地召喚小說全部之術，國王的隨從與他心愛的獵犬，上窮碧落下黃泉，以追討之）。於是在我看了〈不存在的篇章Ⅱ〉這一段文字，竟無法控制自己是一專業讀者地哽咽起來：

窺視孔中，兩名小妖終於四仰八叉的睡著，仍耳戴耳機、軟垂著長長觸鬚器官似的接線，室內燈火大亮，電視大開，想必冷氣也開在最強，零食飲料吃完沒吃完的散落身畔，中毒身亡狀。

（此時應是小說家食指大動、派遣牆這邊的兩個變態老人登場做變態之事的時刻）……

二老不從，女的離開窺視孔沉吟著「這樣會著涼，該給他們蓋床毯子……」

男的，淚流滿面，他們，多像那最終偷偷塞塊肉乾給他的那女孩，

多像那唯一發現他走入曠野、變作蹲踞著一隻鷹的那小孤兒啊……

大江在那個章節稍後又引了兩小段艾略特〈東科克〉的詩句，我將之倒置，恰可作爲對朱天心這本小說像時光壇城，將時光如神獸庖解一如達文西那些解剖圖的神祕閱讀經驗之註腳：

「我對自己的靈魂說，靜靜地，不懷希望地等待，

因爲希望經常是對於錯誤事物的希望；

不懷愛情地等待，

因爲愛情經常是對於錯誤事物的愛情。」

「啊黑暗黑暗黑暗。人們全都去往黑暗之中，
那個空空如野的星辰的空間，空曠前往空曠。」

INK PUBLISHING 文學叢書 246

初夏荷花時期的愛情

作　　者　朱天心
總 編 輯　初安民
責任編輯　丁名慶
美術編輯　黃昶憲
內頁攝影　林君陽
封面設計　永真急制 Workshop
校　　對　丁名慶　吳美滿　朱天心

發 行 人　張書銘
出　　版　INK 印刻文學生活雜誌出版有限公司
台北縣中和市中正路 800 號 13 樓之 3
電話：02-22281626
傳真：02-22281598
e-mail:ink.book@msa.hinet.net
網　　址　舒讀網 http://www.sudu.cc

法律顧問　漢廷法律事務所
劉大正律師
總 代 理　成陽出版股份有限公司
電話：03-2717085（代表號）
傳真：03-3556521
郵政劃撥　19000691 成陽出版股份有限公司
印　　刷　海王印刷事業股份有限公司

出版日期　2010 年 1 月　初版
ISBN　978-986-6377-49-5

定價　240 元

國家圖書館出版品預行編目資料

初夏荷花時期的愛情／朱天心著；
--初版，--臺北縣中和市：INK 印刻文學，
2010.1　面；　公分（文學叢書；246）
ISBN 978-986-6377-49-5（平裝）

857.7　　98021983